구한말 피난자의 해학적 형상

서진사전(徐進士傳) 연구

구한말 피난자의 해학적 형상

서진사전(徐進士傳) 연구

권혁래 저

보고사

머리말

조선 왕조의 뒤를 이어 대한제국이 시작되고, 신문학기라고 일컬어지는 1910년대 이후에도 고소설 작품은 적지 않은 시간 동안 유통되었고, 새로운 작품이 출현하기도 하였다. <김진옥전>이나 <채봉감별곡>, <청년회심곡> 등이 그렇다. 이른바 신작 구소설이라고도 하는 고소설사의 마지막 시기에 나온 작품들의 성격은 새롭게 주목받아 왔다. 이 책에서 소개하는 <서진사전(徐進士傳)>도 그러한 작품 중의 하나이다.

<서진사전>은 19세기 말의 병인양요(1866년)와 임오군란(1882년)의 사건을 시대적 배경으로 하여 2대에 걸친 가족의 피난기를 서사화한, 국문 필사본 형태의 신작 구소설이다. 1910년대를 전후하여 형성된 작품으로, 이 책에서 소개하는 필사본이 유일본으로 여겨진다.

<서진사전>은 중세 마지막 시기의 역사적 사건인 병인양요와 임오군란에 관한 서술이 발견되는 유일무이한 고소설 작품이다. 작가는 서가보, 서모순 부자가 각기 피난하는 중에 일어난 에피소드를 재미있게 소설화하였다. 이 점만으로도 <서진사전>은 우리의 관심을 끌기에 충분히 독특한 작품이다. 뿐만 아니라 <서진사전>은 1910년대를 전후한 시기에 이해조의 판소리 개작소설 연작과 함께

판소리계 소설의 맥이 이어지고 있음을 보여주는 작품이다. <서진사전>의 본령은 바로 동시대의 역사적 사건과 피난담을 결합하여 근대 전환기 판소리계 소설의 새로운 가능성을 보여주었다는 점에 있다.

작가는 허둥대는 나약한 피난자라는 인물형상을 창조함으로써 현실인식을 드러내고, 한편으론 해학과 골계의 미학을 구현한다. 작가는 시대의 문제를 아주 외면하진 않지만, 그렇다고 그것을 심각하게 작품에 끌어들이지도 않는다. 역사와 삶의 문제를 가볍게 터치하면서 그것을 소재 삼아 위기의 시대에서 살아가는 이야기를 재담으로 만든 이가 바로 <서진사전>의 작가이다.

필자가 이 작품을 처음 발견한 시기는 2003년도이다. 집에 한적이 남아 있다는 고향 친구 이신규의 부모님 댁을 들렀다가, 친구의 할아버지이신 고(故) 이명재(李明宰) 옹께서 필사하신 수십 종의 책 가운데 이 작품을 발견하고 한동안 흥분에 잠겼던 것이 기억에 선명하다. 그해 12월 해제 논문과 함께 자료를 학계에 보고하였고, 이후로 연구논문을 발표하였다. 이번에 그간 발표하였던 연구논문들을 수정·보완하고, <서진사전>의 현대어역 및 주석, 원문 입력자료, 영인본을 함께 묶어 책으로 출간하게 되었다. 이 책의 출간이 고소설 연구의 폭을 한 치 넓히는 계기가 되길 바란다. 책의 제목을 정할 때 '구한말(舊韓末)'이라는 시대 용어가 논란이 있을 수 있음을 생각하였다. 그러나 구한말이라는 용어가 귀에 익고, 또 조선 말기에서 대한제국까지의 시기를 '구한말'이라 일컫는 국어사전의 정의에 바탕하여 '구한말'이라는 수식어를 정하였음을 밝힌다.

이 지면을 빌어 귀중한 가장본을 소개해준 친구 이신규에게 고마움을 전한다. 처음 자료를 읽으며 주석 작업을 할 때, 본문 중 삽입되어 있는 한시의 해석에 도움을 주신 연세대 김영봉 선배님, 주석 작업의 막힌 부분 해결에 도움을 주신 숭실대 국문과 조규익, 장경남 교수님께 감사를 드린다. 비상업적인 책임에도 불구하고 출판을 흔쾌히 허락해주신 보고사 김홍국 사장님, 그리고 책을 잘 만들어주신 편집부 여러분들께도 감사의 마음을 전한다.

2011년 8월
저자

목 차

신작 구소설 <서진사전>에 그려진
피난자의 형상과 현실인식

1. <서진사전>의 발견과 문제의식

현상적으로만 이해하면 고소설은 조선 왕조가 끝나면서 본래적 의미의 수명을 다했다고 말할 수 있다. 하지만 조선 왕조의 뒤를 이어 1897년 대한제국기가 시작되고, 이른바 신문학기의 시대가 열린 뒤에도 고소설 작품은 1930~40년대에 이르기까지 필사본·방각본·구활자본·세책본 등 더욱 다양한 방식으로 유통되며 생명을 유지하였다. 또한 이뿐 아니라 이 기간 동안 적지 않은 작품이 새롭게 창작되어 이 작품들의 성격 및 소설사적 의미에 대한 연구자들의 논의가 활발해지고 있다. 이른바 신작 구소설[1]이라고 하는 신·구 문학의 접점에 놓인 고소설사의 마지막 작품들은 <형산백옥>·<쌍미기봉>·<부용상사곡>·<김진옥전>·<채봉감별곡>·<미인도>·<청년회심곡>·<봉래신설> 등 34편에 이른다.[2]

1) 조동일, 『한국문학통사』 4권(2판), 지식산업사, 1989, 333~340쪽.
2) 이은숙의 연구에 의하면, 신작 구소설은 애정소설 11편, 영웅소설 8편, 역사소설

이 책에서 분석하는 <서진사전>은 19세기 말의 병인양요(1866
년)와 임오군란(1882년)의 사건을 시대적 배경으로 하여 한 가족의
피난기를 서사화한, 국문 필사본 형태의 신작 구소설이다. 이 작품
은 최근 필자가 학계에 보고한 새로운 작품이며, 필자가 소개하는
필사본이 유일본으로 여겨진다3). <서진사전>은 병인양요와 임오
군란과 같은 당대의 문제를 소설의 배경으로 끌어들여, 2대에 걸쳐
한 가족이 피난하는 모습을 그리고 있다. 그러면서 급변하는 역사
적 상황 속에서 당대인의 현실인식과 삶의 지향을 포착하여 형상
화하였다. 그뿐 아니라 전대 판소리계 소설의 미학을 잘 활용하고
있어 소설 창작수법의 면에서도 흥미로운 점이 많다. 이렇듯 <서
진사전>은 신작 구소설 중에서도 개성이 분명한 작품이다.

이 장에서는 <서진사전>의 이러한 문제적 성격에 주목하면서,
먼저 서지사항을 간략히 소개한 뒤 작품에 그려진 피난자의 형상과
현실인식에 대해 분석하고자 한다. 두 번째로 작가와 창작수법의
문제를 거론하면서 고소설과 신소설·근대소설의 접점에 자리잡은
이 작품의 성격에 대해 어떻게 평가해야 할지 논할 것이다.

6편, 세태소설 4편, 우의소설 3편 등 34편에 이른다고 한다.(이은숙, 『신작구소설
연구』, 국학자료원, 2000, 190쪽.) 이후에도 간헐적으로 발굴 작품이 보고되어 그
수는 계속 늘어날 것으로 보인다. 한편 권순긍은 1910년대에 한하여 출간된 구활자
본 소설 가운데 신작 구소설이 모두 19종이라고 하였다. 이중 주도적인 유형은 역사
류, 군담류, 애정류라고 하였다.(권순긍, 『활자본 고소설의 편폭과 지향』, 보고사,
2000.)

3) 권혁래, 「신발굴자료 <서진사전> 해제」, 『동방고전문학』 5집, 동방고전문학회,
2003.

2. 〈서진사전〉의 서지사항 및 야담과의 상관성

이 작품의 겉장에는 "徐進士傳", 첫장의 내제에는 "셔진사젼"으로 표기되어 있다. 총 29장 58면으로, 1면에 8행, 한 행에 22~24자 안팎으로 유려한 한글로 필사되어 있다. 이 책을 필사한 이는 이명재(李明宰:1897~1965)이며, 필사자가 거주하던 곳은 충청북도 충주시 중원군 동량면 지역이다.

이명재는 이 작품 외에도 〈조웅전〉, 〈유충렬전〉, 〈숙영낭자전〉, 〈매화전〉 등의 수십 종의 고소설을 필사하였다고 하며, 현재 그의 친가에는 십여 종의 수기본(手記本)이 남아 있다. 자손들의 증언에 의하면, 필사자는 한학에 조예가 깊었던 사람으로, 일찍 홀로 되신 모친을 위하여 손수 이야기책을 구하여 필사하였다고 한다. 또한 이 작품이 필사된 시기는 대략 1920~30년경이라고 한다.

이 작품의 작가에 대해선 알려진 것이 없다. 이명재가 작가일 가능성도 없지는 않겠지만 근거를 찾을 수 없다. 작품 서두에 '광무(光武)'이라는 연호가 쓰이고, 또 모티프를 같이 하는 야담, 신소설 작품이 1910년대에 쓰인 것을 볼 때, 〈서진사전〉은 1900~10년을 전후한 시기에 창작된 것으로 추정할 수 있다.

한편 이 작품의 형성 문제를 살필 수 있는 단서가 하나 있는데, 야담 『양은천미(揚隱闡微)』[4] 소재 제36회 작품 〈김연광동방재회기처(金演光洞房再會其妻)〉[5]와 동일한 화소를 갖고 있다는 점이다.

---

4) 『양은천미』는 고종이 순종에게 양위한 1907년에서 고종이 승하한 1919년 사이에 편찬된 것으로 추정되는 야담집으로, 36편의 작품이 수록되어 있다(이신성, 『〈천예록〉 연구』, 보고사, 1994, 41쪽).

<서진사전>은 부분적으로는 이 작품과 내용이 흡사하다. <김연광>의 내용을 요약하면 다음과 같다.

> 1) 서울 남촌에 김연광이라는 선비가 살았다.
> 2) 임오군란을 당하여 말을 사서 아내와 함께 처가인 광주(廣州)를 향해 피난길에 오르다.
> 3) 과천 남태령 즈음에서 대변을 보다가 아내가 탄 말을 놓치다.
> 4) 아내를 찾다 못해 처가에 이르러 아내가 죽었다고 거짓말을 하다.
> 5) 김생의 아내는 남편이 없어진 줄도 모르고 홀로 말에 타고 가다가, 과천 관악산 김동지 집 앞에 멈추다.
> 6) 홀아비인 김동지가 김생의 아내를 겁탈하려 음모를 꾸미다.
> 7) 김생의 아내가 음모를 알고 꾀를 내어 탈출하다.
> 8) 탈출한 김생의 아내가 산속 노파의 초막에 의탁하나 이번엔 노파가 자신의 아들과 짝지어 주려 음모를 꾸미다.

이 뒤는 결락이 되어 마지막 내용을 알 수 없다. <서진사전>은 병인양요 및 임오군란의 발발과 2대에 걸친 서참판 부자의 피난기를 소설화한 것이며, <김연광>은 임오군란의 피난기만을 서술하였다는 점에서 두 작품은 기본적으로 차이가 있다. 두 작품에서 임오군란의 피난기 부분을 대비해보면, 몇 가지 차이점을 제외하고는 부분적으로는 공유하는 점이 매우 많다. 이를 도표로 정리해보면 다음과 같다.

---

5) 이하 <김연광>으로 약칭한다. 이신성·정명기 역, 『양은천미』, 보고사, 2000.

구분	〈김연광동방재회기처〉	〈서진사전〉
시간 / 공간	임오군란 직후 서울 남촌	임오군란 직후 서울 삼천동
작중 주인공	김연광과 그의 아내	서진사와 그 아내 권씨
피난가는 고장	경기도 광주	경북 안동
작중 주요 사건 1	과천에서 김생이 아내를 잃다.	풍기에서 서진사가 아내를 잃다.
작중 주요 사건 2	김동지의 훼절음모를 꾸미나 김생의 아내가 이를 알고 탈출하다.	박진사의 아내가 훼절음모를 꾸미나 권씨가 이를 알고 탈출하다.
작중 주요 사건 3	김생의 아내가 산중 노파의 집에 묵으나 노파가 훼절음모를 꾸미다.	권씨가 옛 종 할미의 도움으로 친정으로 돌아와 남편과 해후하다.

위의 표에서도 알 수 있듯이 서진사의 피난기는 기본적으로 김연
광의 피난기와 에피소드를 공유하고 있다. 시간, 공간적 배경, 작중
주인공, 주요사건의 면에서 두 작품은 매우 유사하다. 물론 어느 하
나도 정확하게 일치하지는 않는다. 작중 주요사건 1과 2 역시 김생
의 아내 및 서진사의 아내의 훼절을 유도하는 이가 같지 않다. <김
연광>에서는 김동지가 아내를 잃은 홀아비로 그려져 본인 스스로
모의를 꾸미는 것으로 되어 있는데, <서진사전>에서는 박진사가
권씨 부인의 아버지와 친구 관계이며, 권씨 부인의 훼절을 모의하
는 자는 박진사의 아내와 아들, 그리고 옆집 홀아비로 되어 있다.
<서진사전>의 경우가 갈등 관계가 복잡하게 전개된다.

그리고 <김연광>에서는 훼절갈등이 한 번 더 일어난다. 김생의
아내가 김동지의 집을 벗어나 산중 노파의 집에 묵으나 이번엔 노

파가 자신의 아들과 김생의 아내를 결혼시키려 드는 것이다. 그 다음부터는 낙장되어 자세한 내용을 알 수는 없지만 맨 끝에 노파의 아들이 여인을 보고는 "소인이 죽을 죄를 지었나이다."라고 고백하는 내용이 있는 것으로 보아, 아마도 아들이 여인이 누구인지를 알아보고 자신의 잘못을 뉘우친 것으로 보인다. 따라서 김생의 아내가 위기를 벗어나 친정으로 돌아와 남편과 만나는 것으로 작품이 끝맺어졌을 가능성이 높다.

두 작품의 내용만 놓고 봐서는 어느 것이 선행하였는지를 판단하기가 쉽지 않다. <김연광>의 작가가 선행한 <서진사전>을 보고 일부를 따 와서 독립된 작품으로 만들었을 가능성도 있고, 역으로 <서진사전>의 작가가 선행한 <김연광>의 화소를 빌어와서 좀더 복잡한 내용으로 소설화하였을 가능성도 있기 때문이다. 분명한 것은 어느 작품도 선행 작품을 그대로 옮기지는 않았다는 점이다.

이에 따라 제3의 가능성을 점쳐볼 수 있다. 임오군란 직후 어느 부부가 피난과정에서 실제 겪었던 **'부부이별 및 아내의 훼절갈등담'**이 구전설화의 형태로 시중에 유포되었는데, <김연광>과 <서진사전>의 작가가 이 구전설화를 모티프로 하여 각기 야담과 소설로 만들었을 수도 있다. 작품 내용을 대비한 결과, 제3의 경우, 곧 구전설화를 바탕으로 각각 작품하였을 가능성이 가장 높은 것으로 판단되며, 같은 모티프를 사용한 신소설 <마상루>의 경우도 이의 방증자료가 될 것이다6). 물론 병인양요와 임오군란 때 2대에 걸쳐 두

---

6) 1912년에 발표된 신소설 <마상루>(김교제, 동양서원)는 임오군란 직후의 권씨 부부의 피난과정에서 일어난 에피소드를 소설화한 것이다. <김연광>보다 훨씬 복

차례의 피난기를 소설화한 〈서진사전〉은 다른 두 작품에 비해 형상화나 현실반영의 면에서 차별성을 보여준다.

새로 소개되는 작품이므로 그 내용을 간략히 요약하면 다음과 같다.

> 서울 화계동에 사는 서가보는 일찍 과가하여 참판까지 지냈던 인물로 병인양요가 일어나자 부인과 외아들을 데리고 안동 지방으로 피난가게 된다. 안동에 갔다가 태백산 속의 '석개반나'라는 곳을 알게 되어 그곳에서 살면서 시속에 때묻지 않은 사람들의 인심을 맛보며 태평한 세월을 보내지만, 신주 모신 주독(主櫝)을 이웃 촌민들에게 빌려주었다가 낭패를 당하고는 그곳을 떠난다.
>
> 안동 감천의 권생원의 집을 찾아갔던 서참판은 그곳에 정착하여 살다가 16세 된 아들 모순을 권생원의 딸과 혼인시킨다. 2년 뒤 서울로 다시 올라와 태평하게 살던 참판 내외는 연만하여 세상을 떠난다.
>
> 서참판의 아들 모순은 진사를 하고 벼슬을 하기 위해 청촉을 하였지만 뜻대로 되지 않는다. 그러다가 1882년 임오군란이 일어나자 크게 두려워한 서진사는 아내를 말에 태우고 급히 안동으로 피난을 떠난다. 고생을 하면서 풍기읍에 이르러 숙소하고 난 뒤 길을 떠나는데, 서진사가 잠시 길가에 말을 세우고 길 안쪽으로 들어가 뒤를 보고 온 사이 아내를 태운 말이 감쪽같이 사라져버린다. 짙은 안개 속에서 끝내 아내를 찾지 못한 서진사는 낙심천만하여 혹시나 하여 처가에 가지만 아내가 오지 않았음을 알고 다시 낙담한다.

잡한 구성을 취하고는 있으나 기본적인 구조는 〈마상루〉나 〈김연광〉이 크게 다르지 않다.

한편 치마를 쓰고 말에 타고 있던 아내는 사태를 전혀 파악하지
못하고 있다가 말이 어느 민가에 멈춰서자 그제서야 비로소 남편
이 없어졌음을 알고 어찌할 바를 모른다. 다행이 아버지의 옛친구
박진사의 도움으로 그 집에 묵게 되고 다음날 친정으로 데려다준
다는 약속을 받는다. 하지만 갑자기 급한 일이 생긴 박진사가 출
타한 사이 옆집 홀아비에게 사주를 받은 박진사의 아내와 아들이
권씨 부인에게 술을 먹이고는 실행(失行)시키려고 한다. 이를 알
게 된 권씨 부인은 꾀를 써 박진사의 아내에게 도리어 술을 먹여
재운 후 도망쳐 나온다.

도망치던 권씨 부인은 도중에서 만난 옛날 친정집 종 할미의
도움으로 무사히 친정으로 돌아와 남편 서진사와 감격의 해후를
하고 기뻐한다.

3. 피난자의 형상과 현실인식

1) 전란의 위기와 피난자의 형상

<서진사전>은 중세 마지막 시기의 역사적 사건인 병인양요와
임오군란에 관한 서술이 발견되는 유일무이(唯一無二)한 고소설
작품이라는 점이 흥미롭다. 병인양요 및 임오군란은 이 소설의 배
경 및 서사 전개의 1차 요인이 된다. 갑작스레 병인양요가 발발하
면서 서참판 가족의 피난기는 시작된다. 이 작품의 본령은 난리
중에 서참판 부자가 2대에 걸쳐 피난하는 이야기에 있다. 작가는
서참판 부자가 각기 피난하는 중에 일어난 에피소드를 재미있게
소설화하였다.

(1) 병인양요와 서참판 가족의 피난기

작품의 서두에는 서양 문물을 전혀 접해보지 못한 1866년 이전의 상황과 서양 화륜선(火輪船)의 출현에 놀라움을 나타내는 시대적 분위기, 또 강화 통섭을 요구하는 프랑스 로스 제독의 요구를 거절하고 대원군이 군대를 일으켜 그들을 물리친 사건 등 병인양요의 경과가 간략히 서술되어 있다.

> ① 광무 삼년 병인 츄의 양국 비가 광희의 디여거널 기왕언 타국 사람이 셔로 통셥지 못ᄒᆞᄂᆞᆫ 고로 타국인 형도 본 니 읍고 화륜선이 무엇신지 모르던 차의 산써미 갓튼 비의 쌍화통이 츙천ᄒᆞ니 보고 ᄒᆞᄂᆞᆫ 말이 쌍돗디빅이 비라 ᄒᆞ더라.(1장)
>
> ② 디원군 호협지긔로 국사을 쥬장ᄒᆞ니 빅셩의 소동을 싱각지 아니ᄒᆞ고 격셰을 보니여 여부을 아러보지 아니ᄒᆞ고 군사를 촌발할 제 훈련청 군사 오천칠빅일흔두 명 무의영 군ᄉᆞ 삼천여 명과 금의영 군ᄉᆞ 슈천여 명과 각부 군ᄉᆞ 만유여 명을 총찰ᄒᆞ야 광희로 보닐 적의 니경하로 디장을 삼고 어지연으로 부장을 삼어 차례로 소임을 증하여 광희로 보너고 각도 각읍의 관자ᄒᆞ야 포슈을 쏘바 올닐 졔(1장)

①은 서양 문물을 전혀 접해보지 못한 1866년 이전의 상황 및 백성들이 서양 화륜선의 출현에 놀라움을 나타내는 시대적 분위기를 보여준다. 처음 보는 프랑스의 군함을 "산더미 같은 배", "쌍화통(雙火筒)이 충천(衝天)", "쌍돛대 배" 등으로 외양을 묘사하였다.

②는 대원군이 강화통섭을 요구하는 프랑스 로스 제독의 요구를

거절하고 군대를 일으켜 그들을 물리친 사건, 바로 병인양요에 대한 간략한 서술이다. 이 부분은 짧지만 병인양요가 일어난 19세기 후반에 대한 작자의 시대인식을 명확히 보여준다. 먼저 작중 사건이 일어난 때가 "광무 삼년 병인 추"라 하였는데, 이 때 병인년은 1866년을 말한다[7].

작가는 이 시기 홍선대원군(興宣大院君:1820~1898)의 쇄국정책에 대해 "호협지기로 국사를 주장"한 것이라 하였다. 호협지기란 말 그대로 "호방하고 의협심이 강한 기상"을 말한다. 그리고 군대를 낸 과정을 비교적 소상하게 서술하였다. 이경하(李景夏:1811~1898)[8]를 대장으로 삼고 어재연(魚在淵:1823~1871)[9]을 부장으로 삼아 각 부에서 2만여 명이 넘는 군사를 조발하였다고 했다. 작가가 각종 문헌에서 얻은 구체적 정보를 바탕으로 서술하였음을 느끼게 해주는, 일반 구전설화의 서술과는 차별이 있는 부분이라 할 수 있다.

---

7) 광무(光武)는 조선 고종 때 쓰인 연호이며 고종 34년(1897) 8월부터 44년(1907) 7월까지 10년 간 사용한 것으로, 광무 3년은 서기 1899년이다. 하지만 병인양요(丙寅洋擾)가 일어난 병인년은 광무 3년이 아닌 고종 3년, 곧 1866년으로 저자가 고종 3년을 광무 3년으로 혼동한 것으로 보인다. 여기에 언급된 병인양요는 고종 3년 (1866)에 로스(Ross)가 이끄는 프랑스의 함대가 강화도를 침범하였다가 조선군의 반격으로 40일 만에 물러난 사건을 말한다.

8) 이경하는 구한국 때의 무관으로 홍선대원군이 집권하자 훈련대장, 한성부 판윤, 형조판서, 강화부유수 등을 지냈다. 1866년 병인양요 때 프랑스군이 강화도를 공격하고 한강을 봉쇄하자 순무사(巡撫使)로 발탁되어 도성 방비의 책임을 맡고 출전하였다.

9) 어재연은 고종 때의 무장으로 1866년 프랑스 로즈 함대가 강화도를 침략하였을 때 병사를 이끌고 강화도 광성진을 수비하였다. 1871년 신미양요 때에는 미국 로저스 제독이 지휘하는 군함과 광성진에서 격돌하다가 전사하였다.

이어 작가는 대원군이 백성의 사정을 생각지 않고 군사를 징발한 덕분에 민심이 소동하였다는 서술을 하면서, 그 밑으로 난리 장면을 해학적으로 묘사하였다.

③ 부모형제 쳐자 권속이 거리거리 느와 영결노 알고 이별할 졔, 가는 니도 통곡ᄒ고 보니넌 니도 통곡ᄒ니 곡셩이 진동ᄒ야 천지가 요란ᄒ더라. 그 즁의 소호군을 일ᄼ이 쏘바 증구ᄒ라 ᄒ니 일국인민니 죽 끌틋 물 끌틋ᄒ니 어너 뉘가 동심치 안니ᄒ리요(1~2장)

④ 억만장안의 팔만 가구가 안 니동ᄒᄂ 니가 읍셔 장마물의 쇠비 밀니듯 ᄒ니 사방팔문의 문니 좁아 나갈 슈가 읍셔 가미를 노코 분더기치다가 어영지간의 가미가 박퀸 쥴 모로고 메고 ᄀ져 보니 졔 안이는 안니요 아도 보도 못ᄒ던 여인이 박귀여 오기도 ᄒ고, 졀문 부녀넌 어디 가고 귀신 다 된 늘근니가 안졋시니 이 늘근 니를 어이할가. 산지사방 다러난데 어디 가셔 어미 차지며 어디 가셔 안니 차질가. 그런져런 날리로다.(2장)

③은 군대를 일으킨 일이 백성들에게 큰 소동을 불러일으켰다고 했다. 그리하여 부모형제 쳐자 권속이 영결로 알고 통곡하고, 일국 인민이 난리가 난 줄 알고 소동을 벌였다는 이야기이다. ④에 와서는 역사적 사건에 대한 서술이 과장되고 골계적인 이야기로 성격이 바뀌고 있다. 난리통에 가마가 뒤바뀌어 가마 안에 젊은 아내 대신 노파가 들어 있어 겪는 소동은 매우 익살스럽다. 〈춘향전〉 암행어사 출도 대목에서 "암행어사 출도야!"하는 호령에 각읍 수령들이 자리를 빠져나가려고 난장판을 벌이는 장면[10]을 연상케 할 정도로

과장과 전복을 통한 골계의 미학을 잘 드러낸 부분이다.

이렇게 난리를 당하자 참판 벼슬을 지낸 서가보는 처자를 살리기 위하여 안동지방으로 내려갈 것을 결심한다.

> ⑤ 너가 일직이 임군을 섬기다가 난세을 당ㅎ야 국가을 돕지 안니ㅎ고 피난 가는 일이 올치 안니ㅎᄂ 본더 지모도 읍고 용녁도 읍시니 경진무용이 비효애라 ㅎ니 공연니 진즁의 죽어도 소용 읍고 쳐즈를 부탁ㅎ야 보닐 데 읍셔 져즈식을 구완치 못ㅎ야 졀사ㅎ면 도로혀 조상의 득죄가 되깃시니 피란 가는 거시 가ㅎ다.(2~3장)
>
> ⑥ 감녹을 보니 나라의셔 안동으로 파쳔을 ㅎ신다 ㅎ니 시아리 건더, 이번 난의 파쳔을 ㅎ실가 시부니 미리 안동쌍의 나려가 잇다가 만일 파쳔ㅎ시거던 디가을 마져 시위ㅎ리라 ㅎ고 노속 등을 불너 분부ㅎ되 가장직물은 너의 등을 쥬넌게미 만일 평난니 되거던 고로 노나 가지라. 나는 쳘니원졍의 낙향ㅎᄂ 사람이라 속히 올나올 가망 읍다.(3장)

⑤에서 서참판은 지모도 용력도 없는 자신이 괜히 난리에 휘말려보았자 목숨만 위태로울 뿐이니, 차라리 피난하여 처자를 안전하게 보호하는 것이 조상에 효를 하는 것이라며 피난의 명분을 세

---

10) 수배는 갓 부수고 손으로 상투 잡고, 통인은 인궤 잃고 수박덩이 안았으며, 수젓집채 잃은 칼자 피레 주머니 뺏어차고 (중략) 보교 부순 교군들은 빈 줄만 메고 나오니, 원님이 호령하여 "똑 죽일 이놈들아, 무엇 타고 가자느냐?" 교군들이 의사 내어 "이 판 되어 관계 있소. 사당의 모양으로 두 다리 줄에 넣고 업고 행차하옵시다." 밟히는 게 음식이요, 깨지는 게 화기로다…(신재효, 남창 <춘향가>, 『신재효판소리전집』, 보성문화사, 1978, 93쪽.)

우고 있다.

⑥에서 근왕항전(勤王抗戰)의 명분을 내세우기보다는 조상에 대
한 효를 내세우며 현실적 지향성을 보여주는 서참판, 자신과 가족
의 목숨을 보전하기 위해 피난하면서 겉으로는 먼저 피난지 안동
으로 떠나 혹시 파천하여 내려오실지 모르는 임금을 모시겠다는
서참판의 모습은 우스꽝스럽기 짝이 없지만 얄밉지는 않은 형상이
다. 과장과 자기허위 폭로의 방식을 통해 골계의 미학을 보여주는
묘사이다.

안동으로 내려간 서참판은 태백산 속에 있는 석개반나라는 곳이
천하에 안전한 곳이라는 말을 듣고 그곳에 찾아가 잠시 정착한다.

⑦ 이곳의을 웃지 알고 차져 왓너. 하느님이 지시ᄒ심인가 조상
이 돌보셧너가 무릉도원 신션곳지 잇다던니 무릉도원 예 안너냐
세상이 다 죽어도 우리 소솔 살깃도다... 집을 사랴 ᄒ니 집갑도
지헐ᄒ야 태고쩍 인심이라 이ᄉ 츰 온 집이라고 밥도 희셔 가져오
고, 쩍도 희셔 가져오며 산나물도 가져오고 장도 만니 가져오니
이런 후풍 츰 보깃네(3~4장)

⑧ 한달 두달 지너보니 **무례한 게 병이로다**(4장)…(중략)…어린
것덜이 고것 묘한 걸 보고 달라고 트집을 ᄒ길너 잠간 가져놀라고
쥬엇더니 웃덕케 ᄒ다가 모가지를 분질럿소. 어린 거설 쩌리익가.
이웃의 최셔방이 손지조가 잇셔셔 너 곤쳐쥬마고 말편자 쩌러진
거시 맛춤 너게 잇다ᄒ고 그거셜 그 머리로 디고 말더갈릴 낫공상
이로 쑤드리더니 오이려 더 튼〃히요 ᄒ며 쥬독을 졔 손으로 속구
고 신쥬을 너여 들고 요것 보시소 두 손으로 이리 직키고 져리
직키며, 여 좀 든〃ᄒ오. 긔가 차셔 아모 말도 못ᄒ고 간 후의 졍한

> 산의 갓다 미혼ᄒ고 그날 즉시 처ᄌ를 압셰우고 몃칠만의 결단지
> 을 겨우 너머 읍 근처을 당도ᄒ니(6~7장)

여기서 주목할 것은 '석개반나'의 형상화이다. 서참판 일가가 피
난처로 삼은 석개반나는 일종의 무릉도원 같은 곳이다. 석개반나는
전쟁의 참화나 삶의 근심을 찾아볼 수 없는 평화로운 곳이며, 또한
인심이 후덕하여 살 만한 곳의 모습이다. 난리 중에 서참판이 찾는
곳이 바로 이곳 석개반나와 같은 평화로운 곳이 아니었겠는가.

'석개반나'는 지도나 지명에서는 확인할 수 없는 공간이다. 그러
나 이러한 공간은 우리 문학사에서 연원이 깊은 '낙원'의 이미지이
다. 비근한 예로 <정광주피난록>에서 형상화된 '백학동'을 대비해
볼 수 있다. 이에 대해선 3장 (2)절에서 상론할 것이다.

서참판이 태백산 석개반나에서 보낸 잠깐 동안의 삶은 전쟁의
흔적은 찾아볼 수도 없는 평안한 시간이었다. 하지만 그 곳 또한
결코 무릉도원과 같은 낙원은 아니었다. 왜냐하면 그 곳은 '무례가
병인 곳'이기 때문이다. 석개반나는 예의와 문명이 도무지 약하여
유가적 의식으로 꽉 찬 서참판 같은 양반이 오래 머물러 살 곳은
아니었다. 제사를 모시는 주독(主櫝)[11]을 시골 사람들이 함부로 다
루다 망가뜨리자 서참판은 갑자기 정나미가 뚝 떨어진다. 주독이란
무엇인가? 조상의 신주를 모시어두는 상자인데, 조상에 대한 예를
소중히 여기는 서참판에게는 대단히 신성한 물건이다. 그런데 석개
반나 사람들이 그 신성한 물건을 알아보지도 못하고 함부로 다루다

---

11) 신주를 모시어 두는 궤.

망가뜨리자, 서참판은 조상에 대하여 대단히 참괴한 마음을 느끼게 되고 견딜 수 없었던 것이다.

그리하여 서참판은 다시금 유자(儒者)의 현실적 생활을 선택한다. 서참판 일가는 그날로 짐을 꾸려 석개반나를 떠난다. 그리고 안동 권생원의 집을 찾아가 그 곳에서 아들의 혼사를 치르고 안분(安分)하는 삶을 산다. 며느리를 구하면서도 서울 권세가문의 딸이 아니라 "이곳 한미한 양반의 집 가문이라도 흠이나 읍고" 똑똑한 규수를 원한다며 자신의 가솔을 돌봐주던 권생원의 딸과 허혼한다.

서참판은 평온함과 동시에 유자의 현실적 삶을 유지하고자 하는 현실적 인물이다. 그래서 시골에서의 생활과 한미한 집안과의 혼사도 기꺼이 선택한 것이다. 하지만 서참판의 아들 모순은 시골에서의 삶을 견디지 못한다. 아들은 이런 생활을 계속하다 보면 농민이 될 뿐이며 "사환(仕宦)을 힘써야 선조 내력을 잃지 않을 것"이라 하며 다시 상경을 원한다. 그리하여 이들은 부모를 모시고 상경하여 한양살이를 다시 시작한다. 참판 내외가 세상을 떠나고 상을 치른 아들은 진사가 된다. 하지만 그가 할 수 있는 일은 진사까지였다. 서모순은 진사를 한 이후 벼슬을 하려고 여기저기 청촉(請囑)을 하지만 제대로 되지 않았던 것이다. 서참판의 아들 서모순이 선택한 인생의 방식이자, 그 삶의 한계를 구체적이며 사실적으로 보여주는 대목이다.

(2) 임오군란과 서진사 부부의 형상화

다음으로 임오군란에 대한 서술을 보자.

　　임오년을 당힌는데 나라의셔 국직가 진갈ᄒ야 군ᄉ 요를 못 쥬
어셔 군요가 일어ᄂ니 이것도 큰 날니라. 육죠아문 두드려 읍시하
고 양반이라 ᄒ난 거선 다 죽여 읍시자 ᄒ니(11장)

　이때 군요(軍擾)란 고종 19년(1882) 6월 9일에 구식 군대가 일으
킨 임오군란(壬午軍亂)을 말한다. 임오군란은 1881년의 군제 개혁으
로 구식 군대에 대한 차별 대우가 심해지고, 이들에 대한 봉급미가
밀린 상황에서 지급된 봉급미가 말 수도 모자라고 모래가 섞여 있
어 먹을 수 없게 되자, 이에 격분한 구식 군대가 일본식 군제(軍制)
도입을 반대하고 민씨 정권에 대해 반항하여 일으킨 군변(軍變)이
다. 임오군란은 민씨 척족 정권이 추진한 성급하고도 무분별한 개
화정책에 대한 반발과 정치경제사회적 모순을 배경으로 일어난 군
민의 저항이었다고 볼 수 있다[12].

　이에 대해 작가는 "나라의셔 국직가 진갈ᄒ야 군ᄉ 요를 못 쥬어
서" 군요(軍擾)가 일어났다고 하여 사건의 발단을 정확히 서술하였
다[13]. 하지만 난리를 일으킨 군사들이 육조아문을 공격하고 양반의
씨를 없애려고 하였다며 모든 양반들에 대한 적대적 행위로 해석한
점은 실상과는 다소 다른 것이라 하겠다.

　이번에는 서참판의 아들 서진사 내외의 피난이 시작된다. 서진사
는 임오군란을 정부조직을 들어엎고 양반의 씨를 없애려는 내란으

---

12) 권석봉, 「임오군란」, 『디지털 한국민족문화백과대사전』, 한국정신문화연구원, 동
　　방미디어주식회사, 2002.
13) 야담 <김연광>에는 임오군란의 발발 원인에 대한 서술이 전혀 없다는 점에서
　　<서진사전>과의 차별성이 드러난다.

로 인식한다. 그리하여 서진사 내외는 모든 재산을 놓아두고 아내
만 챙겨서 허둥지둥 다시 안동으로 피난길을 떠난다. 여기서 서진
사가 모든 재산을 놓아둔 채로 떠났다는 사실에 유의할 필요가 있
다. 워낙 경황이 없어 그런 것도 있겠지만, 아내가 다른 어떤 재산보
다 최우선적 가치가 된다는 사실을 반증하는 것이기 때문이다.

작품 중반부에는 서진사 내외 둘이서 말을 타고 안동까지 가는
과정이 그려져 있는데, 이번에는 내려가는 과정에서 일어난 소동을
주요하게 그리고 있다.

> 말 한 필 사셔 부담지여 부인을 집버 언고 동디문을 얼는 나와
> 송파강을 근너노니 그졔야 살 덧십다. 오른손의 칫짓 들고 윈손으
> 로 곳비 잣어 말을 달려가는 양은 말 탄 부인 기싱갓고 말 몬 진소
> 삭군갓다. 광쥬 자고 이쳔 자고 음쥭 츙쥬 단냥 지니 죽녕지을
> 올느셔 〃 동남으로 바리보니 온 데을 싱각ᄒ면 안동땅이 므지 안
> 타.(11장)

목숨의 위협을 느껴 모든 재산을 다 놔두고 말 한 마리를 구하여
아내를 태우고 허둥지둥 서울을 떠나는 서진사, "살 가망이 전혀
읍셔 말 한 필 사셔 부담지여 부인을 집어 언고 동디문을 얼는 나와
송파강을 근너노니 그졔야 살 덧십다"는 서술은 그 상황이 얼마나
급박했는지를 보여준다. 이 장면에서는 〈춘향전〉에서 이몽룡의 노
정기(路程記)에서 발견되는 열거의 방식이 활용되었음을 감지할 수
있다14).

그런데 그 다음부터는 다시 작가 특유의 너스레가 펼쳐진다. "오

른손에 채찍 들고 왼손으로 고삐 잡아 말을 달려가는 양은 말 탄 부인 기생같고, 말 모는 진사 삯군같다"는 묘사처럼, 급박하게 피난하여 내려가는 부부의 모습을 기생과 말 모는 삯군으로 묘사하는 <서진사전>의 작가는 재담꾼이다. 작가는 시대의 문제를 아주 외면하지는 않지만 그렇다고 그걸 심각하게 작품에 끌어들이지도 않는다. 역사와 삶의 문제를 가볍게 터치하면서 그것을 소재 삼아, 위기의 시대에서 살아가는 이야기를 재담으로 만드는 이가 바로 <서진사전>의 작가이다.

홍미로운 것은 작가가 작품의 절반 이상을 서진사 내외가 안동에서 하루 못 미치는 거리인 풍기(豊基)15)에서 헤어지고 나서 서로를 찾기 위해 절박하게 노력하는 과정, 위태로웠던 순간을 그리는 데 할애하고 있다는 점이다.

안개가 자욱이 낀 날, 잠시 뒷일을 보기 위하여 다녀온 사이 아내를 태운 말이 사라지자 아내를 찾으며 수없이 자탄하는 서진사, 말 고삐를 잡고 뒤를 보았으면 이런 일이 없었을 거라고 자탄하는 서진사의 모습은 딱하고 안쓰러울 뿐이다. 그리고 남편만 믿고 아무 생각 없이 말 위에 앉아 있다가 하루가 거진 다 지난 뒤에야 남편이 없어졌음을 알고 어찌할 바 모르는 권씨 부인 또한 딱하기 그지없

---

14) 대황교 떡전거리 진개울 중미를 지나 진위읍에서 점심먹고 칠원, 소사, 애고다리를 지나 성환역에서 잠을 잔다. 상류천 하류천 새술막을 지나 천안읍에서 점심 먹고 삼거리 도리치를 거쳐 김제역에서 말 갈아타고 신구 덕평을 얼른 지나 원터에서 잠을 잔다. …<완판 84장본>(송성욱 교주, 『춘향전』, 민음사, 2004, 145쪽)
경기 충청 연로 각읍을 지체 없이 내려와서 여산을 당도하니 전라도 초두로다(신재효, 남창 <춘향가>, 앞의 책, 57쪽.)
15) 경상북도 영주군의 한 읍.

는 인간상이다.

그렇다고 이들에 대한 작가의 시각이 인물에 대한 희화화(戲畵化)라고 말하기는 곤란하다. 작가는 이들이 다소 못난 인물임을 감추진 않지만, 그렇다고 이들에 대한 따뜻한 시선을 거두진 않는다.

권씨 부인을 자신의 집에 묵게 해 준 박진사가 급한 집안일로 자신을 데려다주지 못하고 출타한 사이, 박진사의 옆집에 사는 홀아비는 박진사의 아내와 아들에게 논 다섯 마지기를 주겠다며 회유하고 권씨 부인을 겁탈할 궁리를 세운다. 그러나 자신에게 술을 먹이고 옆집 홀아비와 합방시키려는 박진사 부인의 모의를 알아채고 의연하게 대처하는 권씨 부인, 잠간이지만 걸쭉한 말을 통하여 "그년의 드러운 입을 술잔으로 막깃다"는 권씨 부인은 그렇게 어리숙하지도, 만만치도 않음을 느낄 수 있다. 결국 박진사의 부인을 거꾸로 술 취하게 만들고 권씨 부인은 허둥지둥 개구멍으로 도망친다. 그러면서 작가는 술에 취해 자다가 옆집 홀아비에게 권씨 부인 대신 박진사 부인이 실행 당했을 것이라며 통쾌하다는 듯이 잊지 않고 한 마디 덧붙인다.

> 박진스의 마노러야, 못할 흉계 쑤미다가 망신실체면할 손가. 우습고도 우습도다. 박진스의 아덜이야, 불의지물 취ᄒ다가 이붓아비 보리도다. 남의 실ᄒᆷ 시기랴다 제 실ᄒᆷ을 ᄒ리로다(24장)

도망친 권씨 부인은 옛 종할미의 도움으로 무사히 친정으로 돌아온다. 하지만 서진사 처남들이 장난을 쳐 서진사 내외는 서로 살아 있음을 알지 못하고 마지막까지 애를 태운다. 작품의 마지막은 서 진사 내외가 마침내 만나 서로가 살아 있음을 알고 기뻐하는 장면 으로 끝맺어진다.

> 몽중인가 취중인가. 꿈이걸낭 씨지 말고 취중이면 빅년 삼만육 천일의 일 〃 슈경 삼빅비흐야 장취불성 씨지 마셰(29장).

서진사 부부가 서로 기뻐하며, 꿈이면 깨지 말고 취중이면 삼백 잔이라도 매일같이 계속 마셔 영원히 술을 깨지 말자고 노래하는 대목이다. 그리고 처남들의 춤과 노래가 이어진다.

> 얼사절사 조흘시고. 죽엇다던 누를 보니 이너 집의 경수로다. 얼수절수 조흘시고, 일은 안이 만닌 사람 이런 경수 또 잇넌가. 이러ㄴ서 춤츄워라. 일은 낭군 만닌 스람 이런 경수 또 잇넌가. 이러느셔 춤츄워라. 얼수 절수 조흘시고. 셰 경수가 한 데 모아 춤 안 츄고 무얼홀가. 얼수절수 조흘시고(29장).

서진사 내외와 처남들이 어우러져 춤추고 노래하는 잔치판의 모 습은 흥겹기 그지없다. 그 모습은 마치 <춘향전>이나 <심청전>의 결미16)에서 벌어지는 대동잔치판의 정경과 흡사하다.

---

16) 좋을씨고 좋을씨고, 딸 살리니 좋을씨고. 어사또가 젊으시고 얼굴이 예쁘다니 우 리 사위 낫게 되고, 그 얼굴과 같으신가. 어제 저녁 얼른터니 다시 얼굴 볼 수 없네. 오늘 저녁 또 오거든 내 딸하고 둘이 재세. 좋을씨고 좋을씨고. 이 손목을 아꼈다가 금이 나며 옥이 날까, 놀릴 대로 놀려 보세. 이 궁둥이 두었다가 논을 살까, 밭을 살까, 흔들 대로 흔들어라. 이리 한참 노닐 적에…(신재효, 남창 <춘향가>, 앞의

2) 현실안분(現實安分)의 추구와 가족애의 문제

이 작품은 전란이 일어나 피난하는 상황에서 현실안분을 추구하는 서참판과 서진사 부자의 삶의 지향을 묘사하였다. 서참판은 조정의 고위직을 역임한 관리 출신이었지만, 나라와 백성의 안위보다는 가족 보신(保身)의 가치관을 명확히 하는 인물이다.

서참판의 아들 서모순은 아버지 서참판과 마찬가지로 자신의 가문과 가족을 지키려는 것에 관심이 한정되어 있다. 임오군란이 일어나자 이를 양반의 씨를 말리려는 난리라고 인식한 서진사는 아내만을 이끌고 안동 처가로 내려간다.

난리가 일어난 상황에서 나라의 안위를 걱정하며 몸을 던지는 우국지사 형이 아닌, 자신과 가족만을 지키려 하는 서참판, 서진사 부자의 형상은 이색적이다. 고소설의 관습과 주제 면에서 볼 때 두 부자의 모습은 분명 비애국적이다. 하지만 적극적으로 자신의 가족을 지키려하는 모습은 작품내적 상황에서 충분히 개연성이 있고 의미있는 것이었다. 우리는 여기서 보신주의라고도 할 수 있고, '가족의 발견'이라고도 할 수 있는 인물의 성격을 발견할 수 있다.

이와 연관하여 임진왜란 당시 한 가족의 피난사를 다룬 한글소설 〈정광주피난록(鄭廣州避難錄)〉17)을 대비하여 이해하고자 한다.

책, 99쪽.)

좋을씨고, 구년지수 장마질 제 볕을 보니 좋을씨고, 칠년대한 가물 적에 큰 비 오니 좋을씨고. 얼씨고 지화자…천세 천세 천천세, 만세 만세 만만세, 성수무강하옵소서. 얼씨고 지화자 무수히 절을 하며 합장하고 비는구나(신재효, 〈심청가〉, 앞의 책, 249쪽.)

17) 이가원 교주, 「조선의 동쪽 계곡에-〈정광주피난록〉」, 『문학사상』19, 문학사상사,

<정광주피난록>은 임란을 이해하는 시각이나 주제 선택 방식이 기존의 임란 배경의 소설과는 다른 특이한 소설이다. 임병양란을 배경으로 하는 대부분의 소설이 주로 "국난 극복의 의지 고양[18]"이나 "가족의 이산과 재회[19]"에 초점을 맞춘 것에 비해, 이 작품은 국란을 등 뒤로 하고 오직 자신과 가족의 안위를 도모하기 위해 피난길에 오른다는 소극적 개인주의에 바탕을 두고 있다[20)는 점에서 큰 차이가 있고, 또 그런 점에서 <서진사전>의 문제의식과 궤를 같이한다.

작품의 주인공 정생은 꿈을 꾸고 또 선인(仙人)들의 예언을 통해 임진왜란의 발생을 이미 10여 년 전에 알게 되지만, 그것은 하늘의 정해진 운명이라고 생각하고 임진왜란을 막는 노력은 전혀 하지 않는다. 대신에 자신은 주역과 방술 공부를 하고, 또 자신의 가족을 안전하게 피난시키는 것에 전력을 다한다. 그리고 10년의 기간 동안 강원도 철원군 청룡산 백학동에 안전한 피난공간을 만들어놓고, 임란이 일어나기 직전 그곳으로 온 가족을 피신시키고 그곳에서 7년을 나게 한다.

물론 정생은 그 와중에 신통력을 발휘하여 의주로 몽진한 임금에게 음식을 공수(空輸)하기도 하고, 몇 차례 왜군을 공격하기도 하였지만 전세에 변화를 줄 정도의 노력을 하진 않는다. 다른 백성들은

1974.4.

18) <임진록>, <임경업전>, <박씨부인전> 등.

19) <최척전>, <김영철전>, <위경천전>, <주생전>, <이한림전> 등.

20) 이채연, 「정광주피난록의 임란 수용양상」, 동국대학교 한국문학연구소 편, 『전쟁의 기억, 역사와 문학』 상편, 월인, 2005, 277쪽.

전쟁 중에 가족이 죽고 집이 불타는 등 큰 피해를 입지만, 정생은 자신의 가족과 재산을 털끝 하나 다치지 않을 정도로 완벽히 지킨다. 그리고 전란이 끝나자 서울로 이사하여 집안을 일으키고 일가 친족들을 먹여 살린다.

이에 대해 이채연은 〈정광주피난록〉이 전쟁을 회피하려 하고, 개인의 입신과 가족의 안위만을 생각하는 보신주의적 관점이 두드러진다고 하였다[21]. 이러한 비평은 작품의 실상과 크게 어긋나지 않는다. 문제는 가족의 안위만을 생각하는 보신주의적 관점이 언제나 비난받아야 할 삶의 태도인가 하는 점이다. 〈서진사전〉은 피난기라는 점에서 〈정광주피난록〉과 유사한 성격을 지니고 있다. 다만 〈정광주피난록〉의 정생에 비해 차이가 나는 것은 서참판 및 서진사는 나라의 안위를 걱정하고 나라를 국난의 위기 속에서 구할 만한 위인은 못 된다는 점이다. 그들은 자신과 가족을 지키기에도 힘이 벅차고 안목이 부족한, 지극히 범상한 소시민적 인물일 뿐이다. 또한 〈서진사전〉은 작품의 전체적인 서사화 방향이 국난의 극복에 맞춰진 작품이 아니다. 병인양요나 임오군란은 작품의 배경이자 서사 전개의 1차 요인일 뿐인 것이다. 작품의 주요 서사는 전란의 상황에서 한 가족이 어떻게 삶의 위기를 극복하고 안위를 되찾게 되는가에 맞춰져 있다. 이 점에서 〈서진사전〉의 서참판 및 서진사 부자가 가족애를 발휘하여 적극적으로 보신하는 삶의 태도는 어쩌면 지극히 현실적이며 당연한 것이라 할 수 있다. 피난의 과정에

---

21) 이채연, 앞의 글, 299쪽.

서 서참판이 보여준 현실안분의 태도, 또한 자기 가문을 일으키려 애쓰다 난리가 일어나자 모든 재산을 버려두고 아내만을 데리고 허겁지겁 피난을 떠나는 서진사의 태도는 그 점에서 개연성이 있고, 삶에 대한 애착과 진지함이 느껴진다.

4. 신문학기와 〈서진사전〉의 생명력

〈서진사전〉은 고소설이 유통되던 가장 마지막 시기에 지어진 작품이다. 이 작품은 주요 역사적 사건을 배경으로 하면서도 서사의 방향이 사건의 전말을 서술하거나 시대의식을 형상화하는 데 맞춰지지 않는다. 이 작품에서 중심되게 그려진 것은 병인양요나 임오군란의 역사적 사건도 아니요, 난리 중의 피난하는 사람들의 핍절한 삶의 모습도 아니다. 작품은 이 점에 대해 그렇게 진지하거나 엄숙한 자세를 취하지 않는다. 작품은 마지막에도 격변하는 19세기 말의 역사와 세상에 대해서는 한 마디도 언급하지 않는다.

작가는 허둥대며 나약한 피난자의 형상을 묘사함으로써 그들의 현실인식을 드러내고, 한편으론 해학과 골계의 미학을 드러낸다. 이를 통하여 평온한 삶이 위협받는 위기의 시대를 현실안분과 소시민적 가족애를 통하여 극복할 수 있다는 삶의 태도를 드러낸다.

병인양요, 임오군란이 일어났던 시기에 서참판 부자가 겪었던 피난의 이야기를 1910년대를 전후한 당시의 독자들이 어떻게 받아들이고 감상하였을지 생각해보자. 〈서진사전〉은 조선을 둘러싸고 열

강이 각축을 벌이던 시기에, 또는 조선이 이미 일제의 식민지가 된 상태에서, 그들 독자보다 조금 앞선 시기에 가족 및 부부의 안위를 무엇보다 앞세웠던 한 유자 일가의 피난기로 읽히지 않았을까? 국가가 거의 힘을 못 쓰거나 이미 식민지화된 상태에서 소설 독자들에게 피난의 이야기는 무엇보다 공감의 폭이 넓었을 것이고, 그런 점에서 '가족'의 의미는 절대적인 것으로 받아들여졌을 것이다.

한 가지 흥미로운 점은 작품을 서술하면서 작가가 보여준 해학과 골계의 미학이다. 작품의 시대적 배경이나 주인공이 처한 상황은 매우 급박한데, 작가는 마치 김유정의 〈봄봄〉과 같이 시대를 심각하게 의식하지 않고 개인사의 등락(騰落)하는 회비를 전면에 내세워 인생은 즐겁고 살 만한 것임을 해학적으로 그리고 있다.

실감나고 재미있게 이야기를 이끌어나가는 작가의 필력은 결코 만만치 않다. 병인양요 중에 서참판 일가가 '석개반나'라는 지방으로 피난하여 시속에 때 묻지 아니한 농민들의 도움을 받아 평화롭게 산 이야기, 그리고 임오군란 직후 서진사가 아내와 함께 안동으로 내려가다가 도중에 생이별을 하게 되어 안타깝게 찾는 이야기, 위기에 처한 권씨 부인이 기지를 발휘하여 위기를 모면한 것이나 안타깝게 아내를 찾는 서진사의 모습을 작가는 실감나게 서술하였다. 또 서진사 부부가 처남들의 장난으로 곤란을 겪고 난 후 재회하는 장면에서는 긴장 뒤에 오는 감동이 있다.

또한 작가는 고소설에 대한 이해와 지식도 풍부한 편이다. 작가는 〈유충렬전〉, 〈사씨남정기〉를 작품의 중간 중간에 인용하면서 도망치는 권씨 부인의 처지를 실감나게 묘사하였다[22]. 한편으론 판소리의 한 장면처럼 해학적인 묘사 장면도 인상적이다. 작가는 한문에 대한 지식도 풍부하여 한시23)와 각종 전거(典據)를 적절히 사용하면서도, 석개반나 지방에서 농민들이 제사상 차리는 모습에 대한 묘사에서는 마치 판소리의 한 장면을 연상시키듯 열거와 과장의 미학을 맘껏 발휘하고 있다24). 이외에도 앞서 보았듯이 <서진사전>에는 <춘향전>, <심청전> 등의 판소리계 소설에서 활용된 골계의 다양한 기법들이 도처에서 발견된다. <서진사전>의 문장은 기본적으로 4자 4음보의 리듬을 띤 구어체 문장이다. 우리는 <서진사전>의 작가가 어떠한 사람인지는 알 수 없지만, 다만 한

---

22) 옛젹의 사씨는 교녀 동싱 흉계 피히럴 피흐랴고 야반도망 남졍흐고, 유충녈의 어머니는 증한담의 히를 입어 수치 구멍으로 빠져느가 남천을 바리보고 지향 읍시 도망터니(24장)

위의 서술은 김만중의 <사씨남졍기>에서 사씨 부인이 교씨의 흉계를 피해 남쪽으로 피신한 일과, <유충렬전>에서 유충렬의 어머니가 간신 정한담의 흉계를 피해 남쪽으로 피신한 일을 말한다. 작가는 전대의 고소설에 대한 이해와 지식도 해박하여 이렇듯 대표적인 고소설의 한 사건을 인용하여 권씨 부인이 박진사 부인의 흉계를 피해 남행하는 것을 그럴싸하게 설명한 것이다.

23) 작가는 이백(李白)의 <양양가(襄陽歌)>. <유동정(遊洞庭)>. 백거이(白居易)의 <장한가(長恨歌)> 등 한시 구절을 수시로 인용하며 소설의 정감을 높였다.

24) 그건 그러흐거니와 제스을 지니랴고 조곰 비져서더니 이웃 마누러가 보고 제스가 어너 날이야 흐기의 니일 밤이라 흐얏더니 동너 사람이 져져마다 톤남걸 지고 와셔 안마당의 황덕 노코 멍석을 모와 드려 왼 마당의 쌀아 노코 안진 놈의 눕는 놈의 부녀덜은 모야오되 슐동의도 이고 오고 메밀가루 이고 오고, 비차 짐치도 가지고 와셔 이스 와셔 농수도 못흐여셔 격거리가 읍실 듯흐야 메밀갈을 가져왓소. 질음이 읍실 듯흐야 질음 탕그나 가져왓소. 믄 데서 이사 와셔 소딩이나 잇깃소 우리 소딩 가져왓소. 일변 붓치기 짓넌 니예 술도 데우넌 니예, 슐동의을 니다노코 족박을 씌워 녹코 격 소딩을 굽넌 디로 니다 노코 함포고복 먹으면셔 산타령도 흐넌 놈의 입 장귀도 치는 놈의 장타령도 흐는 놈의 굿거리도 흐는 놈의 지사 지니는 집이냐고 별실판보다 더흐더라.(4~5장)

문에 대한 기본 교양을 갖추었으면서도 고소설의 창작기법을 제대로 이해하여 완숙한 필력을 발휘하는 작가라는 점 정도는 능히 짐작할 수 있다.

1910년대에 활발하게 출간된 구활자본 소설들, 그 중에 개작이나 신작 구소설 작품들에는 이전 시대의 고소설에 비해서 주제나 서사적 측면에서 근대적 성격을 찾을 수 있는 다양한 변모의 모습이 발견된다. 하지만 한편으로 그 안에는 통속성, 봉건적 요소25)가 적지 않게 내재되어 있어 시대적 과제에 역행하는 모습 또한 존재하였다.

앞서 보았듯이 〈서진사전〉은 고소설의 창작기법을 잘 이해하고 활용하였을 뿐 아니라, 당대의 역사적 사건을 배경으로 삼고, 현실적 인물의 현실인식의 태도와 내용을 적극적으로 형상화하였다. 이 점에서 많은 구활자본 신작 구소설 가운데 〈서진사전〉의 개성을 발견할 수 있다. 우리는 〈서진사전〉의 존재를 통하여 19세기 말 이후에도 고소설이 신소설, 근대소설 작품들 사이에서 생명력을 이어가며 해학의 미학을 온축(蘊蓄)하고 전수하는 문학적 생물의 모습을 띠고 있음을 알 수 있다.

한편, 이 작품이 구활자본이 아닌, 필사본이라는 점은 작품의 성격을 해명하는 데 새로운 과제가 된다. 또한 임오군란 피난에 대한 구전설화를 공통의 모티프로 한 〈서진사전〉과 신소설 〈마상루〉와의 관계는 좀 더 엄밀하게 고찰해야 할 필요성이 있다.

---

25) 권순긍, 앞의 책, 170~171쪽.

임오군란 피난담 신·고소설의 소설작법 연구
-고소설 〈서진사전〉과 신소설 〈마상루〉의 대비를 중심으로-

1. 머리말

이 장에서는 임오군란 피난담이라는 동일한 제재를 소설화한 고소설 〈서진사전〉과 신소설 〈마상루〉의 소설작법을 비교 연구하고자 한다. 고소설 〈서진사전〉은 병인양요와 임오군란이 발발하였을 때 서참판 부자의 2대에 걸친 피난담을 소설화한 작품이다. 1910년을 전후한 시기에 지어진 신작 고소설이며, 필사본으로 전한다. 신소설 〈마상루〉는 임오군란 때 한 부부의 피난담을 소설화한 것인데, 작품이 장편화 되어 있다. 민준호가 야담 〈金演光洞房再會其妻〉(이하 〈김연광〉으로 약칭)를 개작하여 짓고 김교제가 교열을 보았으며, 1912년 동양서원에서 간행되었다. 임오군란 피난담 부분만을 놓고 대비한다면, 〈서진사전〉과 〈마상루〉의 서사구조는 비슷한 점이 많다. 하지만 작품의 구체적인 사건이나 등장인물의 성격면에서는 상이한 점 또한 적지 않다. 임오군란 피난담이 모티브가

되어 1910년대를 전후한 시기에 야담과 고소설, 신소설이 거의 동시에 지어졌다는 사실은 흥미로운 일이다. 세 작품의 관련 양상을 검토하면서 1910년을 전후한 시기의 소설사적 문제, 특히 신·고소설 창작과정 상의 제 문제에 관한 구체적인 연구 결과를 얻을 수 있으리라 생각한다.

두 작품은 아직까지 연구가 많이 이루어지지 않았다. <서진사전>은 2003년 필자가 발굴하여 소개한 것과 논문이 한 편 있다. <마상루>에 대한 본격적인 연구는 이은숙의 논문[1] 한 편이 있다. 이은숙은 <마상루>가 전대의 구비문학적 소재 및 서사방식을 어떻게 활용하였는지 분석하였다. 야담 <김연광>은 『양은천미(揚隱闡微)』에 번역문과 원문이 수록되어 있다.[2]

위에서 언급한 관심사를 해명하기 위하여 이 장에서는 첫째, 판소리 소설문법의 계승과 인물의 골계적 형상화를 중심으로 <서진사전>의 소설작법을 분석할 것이다. 둘째, <마상루>의 소설작법에 대해선, 먼저 동양서원의 발행인이자 <마상루>의 작가로서의 민준호에 관하여 살피고, 다음으로 <김연광>과 <마상루>의 내용을 대비하면서 구성 및 인물 형상화를 중심으로 <마상루>에서 이루어진 구체적인 개작 양상을 분석할 것이다. 셋째로, <서진사전>과 <마상루>를 대비하며 1910년대를 전후한 시기에 각기 고소설과 신소설로서 갖는 개성 및 소설사적 의미에 대하여 평가할 것이

---

1) 이은숙, 「신소설 <마상루>의 구비문학 활용방식」, 『한국학대학원논문집』 6집, 한국정신문화연구원, 1991, 29~49쪽.
2) 이신성·정명기 공역, 『양은천미』, 보고사, 2000, 302~312쪽.

다. 특히 <서진사전>은 고소설사의 마지막 시기에 지어진 신작으로서 주목할 만한 개성이 무엇인지, 그리고 <마상루>는 전대의 야담을 개작하여 지은 신소설 작품으로서 주목할 만한 특성이 무엇인지 파악할 것이다.

2. 고소설 <서진사전>의 소설작법

1) 동시대 소재의 발굴과 판소리계 소설 문법의 계승

<서진사전>은 19세기 말의 병인양요(1866년)와 임오군란(1882년)의 사건을 시대적 배경으로 하여 서참판 가족의 2대에 걸친 피난담을 서사화한, 국문 필사본으로 전하는 신작 고소설이다. 총 29장본이며, 1900~10년을 전후한 시기에 창작되고, 1920~30년경에 필사된 것으로 파악된다.

먼저 작품의 서사단락을 간략히 제시하면 다음과 같다.

> 1) 서울 화계동에 사는 전직 참판 서가보가 병인양요가 일어나자 부인과 아들을 데리고 안동으로 피난길을 떠나다.
> 2) 안동에 갔다가 태백산 안에 있는 석개반나라는 곳을 알게 되어 그 곳에서 살게 되다.
> 3) 석개반나에서 태평한 세월을 보내다가, 촌민들이 예의를 몰라 안동으로 돌아가다.
> 4) 서참판이 아들 모순을 안동 감천의 권생원의 딸과 혼인을 시키다.
> 5) 서참판 일가가 다시 서울로 돌아와 모순은 진사를 하고, 참판 내외는 세상을 떠나다.

6) 임오군란이 일어나자 서진사가 아내를 데리고 안동으로 피난 길을 떠나다.

7) 서진사가 길가에 말을 세워두고 뒷일을 보고 온 사이 아내를 태운 말이 사라지다.

8) 서진사가 끝내 아내를 찾지 못해 처가에 이르러 아내가 죽었다고 거짓말을 하다.

9) 이씨 부인은 남편이 없어진 줄 모르고 홀로 말을 타고 가다가 박진사네 집 앞에 멈추다.

10) 박진사가 이씨 부인을 자기 집에 묵게 하고 다음날 친정으로 데려다 줄 것을 약속하다.

11) 박진사가 급한 일로 밤중에 출타하고, 그 사이 옆집 홀아비가 권씨 부인을 아내로 삼으려고 음모를 꾸미다.

12) 권씨 부인이 우연히 그 사실을 알게 되고 꾀를 내어 탈출하다.

13) 권씨 부인이 옛 종할미의 도움으로 친정으로 돌아오다.

14) 처남들이 이씨 부인에게 서진사가 돌아온 사실을 알리지 않고 장난을 치다.

15) 서진사 부부가 감격적인 해후를 하다.

이상 5)까지는 병인양요 피난담에 관련된 내용이고, 6)부터 마지막까지가 임오군란 피난담에 관련된 내용이다.

<서진사전>의 창작에서 주목할만한 점은 크게 세 가지로 요약된다. 그 중 첫 번째는, 작가가 병인양요와 임오군란 때의 피난담이라는 동시대의 사건을 소설의 제재로 삼았으며, 이 두 사건을 결합하여 서사화하였다는 점이다. 1910년대라는 고소설 창작의 마지막 시기에 작가가 거의 동시대의 역사적 사건을 제재로 취하여 새롭게

작품을 창작한 것은 고소설로서는 매우 참신한 시도이다. 또한 병인양요 및 임오군란 피난담을 결합하여 새로운 작품을 선보인 것은, 임오군란 피난담만을 서사화한 야담 <김연광>과 신소설 <마상루>와 명확히 변별되는 지점이다.

두 번째로 <서진사전>의 작가는 병인양요나 임오군란이라는 역사적 사건에 대해서 짧지만 전형적인 면을 포착·서술함으로써 현실 인식 및 반영의 면에서 심화된 면을 보여준다. 작품의 서두에는 서양 문물을 전혀 접해보지 못한 1866년 이전의 상황과 서양 화륜선의 출현에 백성들이 놀라움을 나타내는 시대적 분위기3), 또 강화 통섭을 요구하는 프랑스 로스 제독의 요구를 거절하고 대원군이 군대를 일으켜 그들을 물리친 사건 등 병인양요의 경과가 비교적 구체적으로 서술되어 있다.4) 또한 임오군란의 발발에 대해서도 "나라의셔 국직가 진갈흐야 군ᄉ 요를 못 쥬어서" 군요가 일어났다고 하여 사건의 발단을 정확히 인식하고 서술하였다.5) 이는 <서진사전>의 작가가 작중 사건의 역사적 배경에 대해 나름대로 진지한 관심

---

3) 광무 삼년 병인 츄의 양국 비가 광희의 디여거널 기왕언 타국 사람이 셔로 통셥지 못ᄒᄂᆫ 고로 타국인 형도 본 니 읍고 화륜션이 무엇신지 모르던 차의 산쩌미 갓튼 비의 쌍화통이 츕쳔ᄒ니 보고 ᄒᄂᆫ 말이 쌍돗디빅이 비라 ᄒ더라.(1장)

4) 디원군 호협지긔로 국사을 쥬쟝ᄒ니 빅성의 소동을 싱각지 아니ᄒ고 겨셔을 보니여 여부을 아러보지 아니ᄒ고 군사를 츤발할 졔 훈련쳥 군사 오쳔칠빅일혼두 명 무의영 군ᄉ 삼쳔여 명과 금의영 군ᄉ 슈쳔여 명과 각부 군ᄉ 만유여 명을 총찰ᄒ야 광희로 보닐 젹의 니경하로 디장을 삼고 어지연으로 부장을 삼어 차례로 소임을 증하여 광희로 보니고 각도 각읍의 관자ᄒ야 포슈을 쏘바 올닐 졔(1장)

5) 임오년을 당힌ᄂᆫ데 나라의셔 국직가 진갈ᄒ야 군ᄉ 요를 못 쥬어서 군요가 일어ᄂᆫ니 이것도 큰 날니라. 육죠아문 두듸려 읍시고 양반이라 ᄒ난 거션 다 죽여 읍시자 ᄒ니(11장)

을 두었음을 나타낸다. 비교 대상인 야담 <김연광>에는 행인들이 남부여대하고 피난하는 모습만 서술되었으며, 신소설 <마상루> 역시 오영문(五營門) 군인들이 군란을 일으키고 백성들이 피난하는 모습이 묘사되었을 뿐, 군란의 원인에 대해서는 아무 것도 서술되어 있지 않다.

세 번째로 <서진사전>의 창작과정에서 작가가 판소리계 소설을 비롯하여 전대의 고소설 일반의 소설작법을 체득하여 능숙히 구사하고 있다는 점이다. 그 중 세 가지를 예시할 것인데, 첫째로, 가장 눈에 띄는 것은 <춘향전>, <홍부전>, <심청전>, <배비장전> 등의 판소리계 소설에서 활용된 골계의 다양한 기법들을 <서진사전>의 장면 서술 및 인물 형상화에서 활용하였다는 점이다. 작가는 반복, 열거, 과장, 대구 등 다양한 수사법을 구사하여 시각적·연극적 효과를 극대화한다. 장면 묘사에 나타난 면을 들어보면 다음과 같다.

그건 그러ᄒ거니와 제수을 지니랴고 조곰 비져서더니 이웃 마누리가 보고 제수가 어너 날이야 ᄒ기의 닉일 밤이라 ᄒ얏더니, 동너 사람이 져져마다 톤남걸 지고 와셔 안마당의 황덕 노코 멍석을 모와 드려 왼 마당의 쌀아 노코, 안진 놈의 눕는 놈의 부녀덜은 모야오되, 슐동의도 이고 오고, 메밀가루 이고 오고, 빅차 짐치도 가지고 와셔, "이ᄉ 와셔 농ᄉ도 못ᄒ여셔 적거리가 읍실 듯ᄒ야 메밀갈을 가져왓소.", "질음이 읍실 듯ᄒ야 질음 탕긔나 가져왓소.", "믄 데셔 이사 와셔 소딍이나 잇깃소. 우리 소딍 가져왓소." 일변 붓치기 짓넌 니예 술도 데우넌 니예, 술동의을 닉다 노코

족박을 씌워 녹코, 적 소덩을 굽는 더로 너다 노코 함포고복 먹으
면셔 산타령도 ㅎ년 놈의, 입 장귀도 치는 놈의, 장타령도 ㅎ는
놈의, 굿거리도 ㅎ는 놈의, 지사 지너는 집이냐고 별실판보다 더
ㅎ더라.(4~5장)

서참판이 피난하였던 석개반나 지방에서 서참판이 제사상 차리
는 것을 농민들이 와서 도와주는 장면을 묘사한 부분이다. 동네사
람들이 하나둘씩 모여드는데, 각자 도구와 각종 음식재료를 가지
고 와서는, 술을 마시고 음식을 먹으며 산타령, 장타령, 굿거리 등
을 부른다. 덕분에 서참판네 제삿집은 왁자지껄 흥겨운 잔치판으
로 변하는데, 작가는 이를 마치 판소리의 한 장면을 연상시키듯 보
여주기의 기법으로 묘사하고 있다.

또한 작품의 마지막에서 처남들이 서진사에게 새 장가를 들라며
권씨 부인을 다른 과부라고 속이고 서진사를 방에 떠밀어 넣으면서
한바탕 난장판이 일어난다.

손 쓰년니 등 미넌니 뒷문 박게 다달러셔 엇지로 드려보넌다.
잠시간의 풍파 나셔 벽녁갓치 소리질너, "오라버니, 오라버니, 웃잔
놈이 드러왓소 오라버니 올아번니 어더 갓소." 첫소리엔 놀납더니
지삼 소리 질으넌데 안이 어셩 젹실ㅎ다. "이거시 뉘 목소리여,
이것이 뉘 목소리여." ㅎ넌 말이 부인 귀의 익은 음셩 말년인덜
이질손가. 쳐담덜이 지디타가 왈칵 〃〃 달려들며, "웃던 놈이 드러
왓셔? 난졍 몽둥이 어듸 간녀? 쥬리 방망이 어듸간녀? 그 놈 튀여
갈나 문 눌너라. 지기쏘리 어듸인늬? 어여 밧비 글너 오너라. 지름
공이 동이듯 동여라. 당 셩냥 어듸인늬? 불 밧비 혀노와라." 불

거셔 더려노코 쎗구미 듸려다 보고, "이 놈이 서울놈 아니냐?" 손펵
치고 쌀〃 우셔, "허리가 약할진딘 불어질가 염녀된다."(28~29장)

싫다는 서진사를 억지로 방에 밀어놓는 처남들의 모습, 권씨 부
인의 깜짝 놀라는 모습, 서진사를 묶고 짐짓 매질하려는 모습, 깔깔
거리며 놀리는 모습을 차례로 보여주면서 작가는 독자들의 웃음을
유발하고 있다. 작품 서두에 백성들이 피난 가는 모습을 과장되고
골계적으로 서술한 것[6]을 비롯하여, <서진사전>에는 이러한 골계
의 상황이 작품 곳곳에 장치되어 있다.

둘째, 작가는 가요와 한시 등을 삽입하여 서정적 분위기를 고양
시키는 방식을 빈번하게 활용하고 있다. 서진사 부부는 피난길에
경상북도 풍기읍 근처에서 하룻밤을 묵었는데, 서진사는 급한 마음
에 날이 어서 밝기를 학수고대한다. 작가는 그 마음을 "츄야장 츄야
장ᄒᆞ니 원긱근가 츄야장을, 츄야장 츄야장 다슈불민 츄야장이라."[7]
라고 노래한다. 한편 권씨 부인이 홍진사 집에서 묵고 있을 때, 이웃
집 김서방이 권씨 부인을 겁탈하려는 음모를 꾸민다. 우연히 이 이
야기를 엿듣게 된 권씨 부인은 문득 남편이 그리워지는데, 그 때에

---

6) 억만장안의 팔만 가구가 안 니동ᄒᆞᄂᆞᆫ 니가 읍셔 장마물의 쇠비 밀니듯 ᄒᆞ니 사방
   팔문의 문니 좁아 나갈 슈가 읍셔 가미를 노코 분딕기치다가 어영지간의 가미가
   박권 줄 모로고 메고 ᄀᆞ셔 보니, 졔 안인ᄂᆞᆫ 안니요 아도 보도 못ᄒᆞ던 여인이 박귀여
   오기도 ᄒᆞ고, 졀문 부녀년 어더 가고 귀신 다 된 늘그니가 안졋시니 이 늘근 니를
   어이할가(2장)
7) 秋夜長秋夜長, 遠客近家秋夜長, 秋夜長秋夜長, 多愁不寐秋夜長.(필자역: 가을밤이
   길도다, 가을밤이 길도다. 멀리서 온 나그네는 집이 멀지 않았는데, 가을밤은 어찌
   이리 길단 말인가. 가을밤이 길도다, 가을밤이 길도다. 근심이 많아 잠을 이룰 수
   없으니, 가을밤은 어찌 이리 길단 말인가.)(12장)

도 그 마음을 "일낙장사츄싁원ᄒ니 부지하쳐깅봉군가"8)라는 시 구
절로 표현한다. 이 구절은 이백(李白)의 시 <유동정(遊洞庭)>의 일
부이다. 또 마지막에 서진사와 권씨 부인이 재회하게 되었을 때의
즐거움을 노래한 "일일수경삼백배(日日須傾三百杯) 장취불성(長醉不
醒)"은 이백(李白)의 시 <양양가(襄陽歌)>의 한 구절이다. 이밖에도
백거이(白居易)의 <장한가(長恨歌)>의 한 구절을 인용하여 서진사
의 아내 잃은 슬픔과 고통을 표현하기도 하였다9).

또 작품의 결미에서 부부가 서로 만나 그 기쁨과 반가움을 표현
하는데, "몽중인가 취중인가. 꿈이걸낭 씨지 말고, 취중이면 빅년
삼만 육천일의 일〃슈경 삼빅비ᄒ야, 장취불성 씨지 마셰."(29장)와
같이 노래한다. 마지막에 처남들이 춤을 추며 부르는 노래10)는 <심
청가>의 맹인잔치에서 눈 뜬 봉사들이 춤추며 부르는 노래와 매우
흡사하다.11) 이외에도 서진사가 도중에 아내를 잃고 절통함을 표현
하는데, "이별이별 이별이야, 호지의 모즈이별. 역노의 형제이별, 운
슈의 붕우이별, 이별마다 슬다 희도, 잘가거라 잘잇시오 은졔 온다

---

8) 日落長沙秋色遠, 不知何處更逢君.(필자역: 해가 진 장사 지방 가을빛이 먼데, 그대
  다시 만나볼 곳 그 어딘가!)(22장)

9) 마외춘풍(馬嵬春風) 당명황(唐明皇)은 양귀비(楊貴妃)를 이별하고….(16장)

10) 쳐남더리 춤을 추며, "얼사절사 조흘시고, 죽엇다던 누를 보니 이니 집의 경스로다.
  얼스절스 조흘시고, 일은 안이 만닌 사람 이런 경스 쏘 잇넌가. 이러ᄂ서 춤츄워라.
  일은 낭군 만닌 스람 이런 경스 쏘 잇넌가. 이러ᄂ셔 춤츄워라. 얼스 졀스 조흘시고,
  세 경스가 한 데 모아 춤 안 츄고 무얼 홀가. 얼스절스 조흘시고"(29장)

11) 팔쯔 죠혼 심싱원과 시로 눈 쓴 스람더리 모도 어졍 늘어셔셔 장단 업난 춤이로되
  졔멋디로 버리고셔 송덕을 ᄒ난고나. "죠흘씨고, 구년지슈 즁마질 졔 볏슬 보니 죠
  흘씨고, 칠연디흔 가물 젹의 큰 비 오니 죠흘씨고, 얼시고 지아즈(후략)", 강한영
  교주, <심청가>, 『신재효판소리전집』, 보성문화사, 1973, 246~248쪽.

말을 ᄒ고 이별이지…." 타령조로 노래를 한다. 이런 식으로 노래하
듯 문장 표현을 한 곳이 십여 군데가 넘게 발견된다. 또한 시와 노
래에는 각종 고사전고(故事典故)가 적지 않게 사용된다.

　셋째, <서진사전>의 문장은 기본적으로 4자 4음보의 리듬을 갖
춘 율문체 문장이다.

> 　① 감천을 차져가니 옛젹의 보던 산천 봉〃곡〃 의구하다. 쳐가
> 집을 바리보니 마음이 우둔〃〃 거름 거를 긔운 읍다.(14~15장)
> 　② 낭군 일코 답〃한 맘 일각이 여삼츄ᄂ, 무신 넘치로 니 욕심
> 만 싱각ᄒ야 두 말을 웃지할가. 답〃ᄒ고 답〃ᄒ다. 오늘 ᄒ루 지
> 니기는 갈 날이 자르단딜, 날 지니고 밤 지니니 밤조차 잘을손야.
> 젹〃추야 진〃잠을 여관 한등 웨 시울가. 그렁져렁 슈심으로 날
> 져무러 황혼이 되얏고나.(20~21장)
> 　③ 지향 읍시 가노라니 원촌의 닥 울더니 날이 장차 발거온다.
> 발근 날의 니 모양을 니가 보니 실푼 중의 우숩고나. 독긔빈지
> 망동인지….(24장)

　위 인용문에서 ①은 서술자가 감천의 산천과 서진사의 모습을 서
술한 것이고, ②는 홍진사네 집에서 권씨 부인이 친정으로 돌아갈
날을 기다리며 넋두리하듯 한 말이다. ③은 밤중에 홍진사네 집을
도망치듯 빠져나온 권씨 부인의 모습에 대한 묘사와 권씨 부인의
독백을 담은 문장이다. 위 예문에서도 알 수 있지만, 작품은 서술,
독백, 묘사, 서사 가릴 것 없이 대부분 4자 4음보의 리듬을 띤 율문으
로 서술되고 있다. 그리고 문장의 종결은 "-더라" 형(ᄒ더라, 요란ᄒ더

라)이 약간 있고, 대부분은 "생각는다"·"시작흐다"·"아득흐다"·
"절노 난다"·"드러간다" 등, "-한다" 현재형으로 일관된다.

이외에도 작품에는 고소설에 대한 작가의 이해와 지식도 풍부하
였음을 알 수 있는 증거들이 보인다. 예컨대 권씨 부인이 정처 없이
도망치는 자신의 신세를 한탄할 때에는 <유충렬전>이나 <사씨남
정기>의 이야기를 인용하면서 실감나게 표현하였다.12)

이렇듯 <서진사전>에 나타난 가요·한시·고사의 능란한 활용
및 판소리계 소설의 창작기법은 야담 <김연광> 및 신소설 <마상
루>와 명확히 구분되는 요소이다.

2) 어리숙한 피난자의 골계적 형상화

<서진사전>의 작가는 남녀 주인공을 골계적 인물로 형상화한다.
피난길에 선 서진사와 권씨 부인을 작가는 현실 인식 및 대처 능력
이 전혀 없는 인물로 희화한다. 안개가 자욱이 낀 날, 잠시 뒷일을
보기 위하여 다녀온 사이 아내를 태운 말이 사라지자 아내를 찾으
며 서진사는 수없이 자탄한다. 없어진 아내를 찾아 애가 타는 서진
사의 모습을 작가는 핍진하게 묘사하였다.13) 그런데 한편으론, 말

---

12) "옛적의 사씨는 교녀 동싱 흥계 피희럴 피흐랴고 야반도망 남졍흐고, 유충녈의
어머니는 증한담의 희를 입어 수치 구멍으로 빠져느가 남천을 바리보고 지향 읍시
도망터니 오날 나년 무삼 죄로 긔궁그로 빠져 느와 갈 데털 향비 못희. 느도 쏘한
남녁크로 가리로다."(24장)

13) 졸지의 뒤 마리워 가는 말을 왕흐야 머무루고 논둑 밋테서 뒤를 보고 거드치고
나와보니 사람 탄 말이 간데 읍거널 쥬먹을 부릅쥐고 다름 쥬어 쏘차쏘츠 가며
소리 질너 불러보니 디답소리 젹〃흐다. 밧비 도로 좃차와셔 졈짝길노 쏘차 가며
죽을 심을 다흐야 불너도 디답소리 젼여 읍고, 어연지간의 날이 시니 멀리가도 보

고삐를 잡고 뒤를 보았으면 이런 일이 없었을 텐데 하며 탄식하는 모습이나, 찾다 찾다 지쳐선 울음 소리를 구별하며 통곡하며 노래하는 서진사의 모습은 점차 희화적으로 변모한다. 본인이야 기가 막히고 슬프겠지만, 독자들은 그 모습의 한 켠에서 우스꽝스런 광대의 모습을 읽어낸다.

서진사의 아내 권씨 부인은 안동 권생원의 딸이다. 그녀는 전형적인 현모양처 형 여인이지만, 임오군란을 당하여 피난하면서 사리분별이 명확치 않은 숙맥 같은 인물로 그려진다. 그녀는 피난길에 아무 생각 없이 남편이 끄는 말 위에 앉아 있다가 반나절이 거진 다 지난 뒤에야 남편이 없어졌음을 알고 어찌할 바를 모른다.

> 각셜이라. 안기는 자옥ᄒᆞ야 지쳑을 분별치 못ᄒᆞᆫ데 부인 탄 말이 잠간 머무루다가 쭈덕〃〃 거러가니 말 우의셔 치미을 덥펴 씨고 무신 의심 잇실소냐. 치미ᄂᆞ 안니 썻시면 도라다나 보깃지만 치미을 덥퍼 씨이고 눈만 쎅곰 구멍을 두어 듸통구멍으로 늬다 보 덧 ᄒᆞ니 오ᄂᆞᆫ지 가ᄂᆞᆫ지 모로고셔 말이 가니 할 말이 잇더리도 가장의 말 모ᄂᆞᆫ데 말ᄒᆞ기도 미안ᄒᆞ여 몃칠을 나려와도 마상의셔넌 문답이 읍셧기로 의심 읍시 말 우의 치미를 씨고 안젓더니 (17장. 밑줄은 인용자 표시)

밑줄 친 부분은 권씨 부인의 외양을 묘사한 대목이다. 말 위에 꽁꽁 묶인 채 권씨 부인은 치마를 덮어쓰고 눈만 빼꼼히 내놓고 간다. 남편만을 철석같이 믿고 스스로는 전혀 상황 파악을 할 줄 모르는 권씨 부인의 형상은 희화적이다. 작가가 의도적으로 설정한 것이 아니라면, 사실 권씨 부인은 이해하기 힘들 정도로 딱하기 그지없는 인간상이다.

하지만 후반부에서 자신을 겁탈하려는 위기가 발생하자, 그 상황에서는 정신을 바짝 차리고 기민하게 꾀를 발휘하여 자신을 지켜내는 모습이 부각된다. 밖에 나갔다가 김서방이 꾸미는 음모를 우연히 듣게 된 권씨 부인은 박진사의 아내가 주는 술을 받아먹는 체하고 쏟고, 주인 마누라를 술 먹여 취하게 한 뒤 나와 도망친다.

도망친 권씨 부인은 옛 종할미의 집 앞을 지나가다가 그를 알아본 옛 종아이가 도와주어 막막한 상황을 벗어나게 된다. 그리고 옛 종아이의 도움으로 무사히 친정으로 돌아온다. 이렇게 하여 권씨 부인의 위기상황은 더 이상 증폭되지 않고 일회적 사건으로 끝나게 된다.

이렇듯 서진사와 권씨 부인은 스스로는 별다른 상황 인식이나 현실 대처 능력도 없이 우연과 구원자의 도움으로 위기를 극복한다. 이러한 주인공의 형상은 <배비장전>과 <흥부전>에서 배비장의 모습과 흥부의 모습이 중첩되는, 희화·비하됨으로써 웃음을 유발하는 골계적 형상이다.

3. 신소설 〈마상루〉의 소설작법

1) 〈마상루〉의 작가 문제

1910년대 초는 활자본 고소설이 쏟아져 나오기 시작한 시기이다. 1912년을 시작으로 1910년대에는 신구서림, 회동서관, 박문서관, 덕흥서림, 유일서관, 한성서관, 조선서관 등 43개소의 출판사들이 일제의 무단통치 하에서 영업적 변신을 도모하기 위해 앞다투어 활자본 고소설을 출판하였다. 1912년부터 1919년까지 출판사들이 신규 발행한 작품 수만 257종이고, 총 발행횟수로 치면 476종에 달한다.14) 그러한 시기에 동양서원의 사주이자 발행인 민준호는 특별한 의도를 가지고 신소설만을 전문적으로 출간하는 기획을 세웠다. 동양서원은 1911년부터 1913년까지 신소설 10종을 1집에, 총 40종을 4집으로 엮어 총서를 발간하였다.15) 〈마상루〉는 이러한 기획총서의 제3집으로 발행된 작품 중 하나이다.

〈마상루〉는 총 110면 분량으로, 동양서원에서 1912년 9월 5일 간행되었다. 〈마상루〉의 저자는 민준호이고, 김교제가 교열을 보았다. 이는 〈마상루〉의 첫면 서두에 '민준호 저 아속 김교제 열'이라 명기된 사실로부터 알 수 있다. 그리고 판권지에는 '저작 겸 발행자 민준호'라고 표기되어 있다. 그런데 앞선 논자들은 이러한 저

---

14) 이상의 수치는 이주영의 『구활자본 고전소설 연구』(월인, 1998, 36~40쪽)에서 구한 것이다. 한편 권순긍은 1910년대에 출간된 활자본 고소설을 195종이라고 하여, 이주영이 조사한 수치와는 60여 종의 차이가 난다(권순긍, 『활자본 고소설의 편폭과 지향』, 보고사, 2000, 24쪽).

15) 하동호, 「개화기소설의 서지적 정리 및 조사」, 『동양학』7집, 단국대 동양학연구소, 1977, 213쪽.

자 표기를 있는 그대로 인정하지 않고, 민준호를 발행인의 역할을
했을 뿐, 실제 저자는 김교제라고 보기도 하였다.16) 그런데 필자는
견해를 달리한다. 우선은 작품에 명기된 저자 표기를 굳이 부정할
근거가 없으며, 이는 또 동양서원의 출판 시스템 및 사례를 이해하
면 민준호 저작설을 수긍할 수 있기 때문이다.17)

  작품을 대비해본 결과 <마상루>는 야담 <김연광>에서 제재를
구하여 개작한 것이다. 소설 <추풍감별곡> 출판 사례에서도 알 수
있듯이, 1910년을 전후한 시기에는 소재가 빈곤하고 작가가 부족했
던 상황에서 전대의 서사물을 신소설로 지어 출판한 경우가 많았
다.18) 민준호는 1912년 동양서원에서 같은 방식으로 명대(明代)의
소설집『금고기관(今古奇觀)』의 <등대윤귀단가사(滕大尹鬼斷家私)>
를 번안하여 <행락도(行樂圖)>라는 작품을 간행한 적이 있다.19) 이

---

16) <마상루>의 작가에 대해선 논란이 있다. 첫 번째 견해는 작품에 쓰인 대로 민준호
  를 <마상루>의 작가로 보는 주장이다, 두 번째 견해는 민준호는 발행자일 뿐, 실제
  저자는 김교제일 가능성이 높다는 주장이다. 박종홍 또한 <현미경>이나 <비행선>
  등 김교제의 다른 작품이 민준호를 발행자로 삼은 예를 들어 동양서원의 발행자
  민준호가 자신의 이름을 의례상 저자로 올린 것임을 주장하였다(박종홍,『현대소설
  의 시각』, 국학자료원, 2002, 16쪽). 세 번째 견해는 민준호와 김교제 둘 다 작품의
  창작에 관여하지 않았다는 주장이다(이은숙, 앞의 글, 31쪽).
17) 이는 활자본 고소설의 출판 사례를 참조할 수 있다. 활자본 고소설의 경우, '저작
  겸 발행인'으로 활동한 사람은 박건회(조선서관), 이종정(광동서국), 강의영(영창서
  관), 현공렴(광익서관) 등 일곱 명이 있다. 이들은 서적상을 운영하면서도 고소설의
  출판에 관여하여 형태를 바꾸거나 새로운 작품을 제작하기도 하였다(권순긍, 앞의
  책, 44~46쪽).
18) 이혜숙, 「추풍감별곡 연구」, 성신여대 박사학위논문, 2001, 48~51쪽.
19) 민준호는『금고기관』35회 작품인 <등대윤귀단가사>를 번안하여 <행락도>
  (1912.4.10)라는 작품을 출간하였다. 이 역시 민준호가 저작 겸 발행의 역할을 하였
  다(이혜순, 「신소설 <행락도>연구-중국소설 <등대윤귀단가사>와의 관계를 중심

작품의 경우에도 민준호는 저작 겸 발행인으로 되어 있다. 이는 민
준호가 전대 서사물에서 소설의 소재를 구하고 이를 실제로 번안,
또는 재구성하는 작가 활동을 한 흔적으로 파악된다. <행락도>의
경우와 마찬가지로, 민준호는 야담을 재구성하여 <마상루>의 초고
를 지었고, 이를 김교제가 교열하여 신소설로 출간한 것으로 이해
할 수 있다. 김교제는 동양서원 편집부에 소속된 전속작가로, <치
악산(하권)>, <난봉기합>, <경중화>를 비롯하여 8종의 신소설·
장편소설을 지어 동양서원에서 출판하였다. 동양서원의 발행인 민
준호는 명확한 소설관[20]을 지녔으며, 그러한 취지에 적합한 작품을
기획하고 소재를 발굴하고 초고를 능히 쓸 수 있는 역량과 경험이
있는 출판인이요 작가이다. 요컨대 민준호는 소재를 발굴하여 초고
를 쓴 1차 작가, 김교제는 민준호의 초고의 문장을 다듬은 2차 작가
라고 볼 수 있다.

으로-」,『국어국문학』 84권, 국어국문학회, 1980, 102~103쪽).

20) 동양서원에서는 1912년 10월 26일자『매일신보』에 "東洋書院 小說林"이라는
광고기사를 내었는데, 여기에는 동양서원이 신소설을 기획·발간하면서 내세웠
던 소설관이 잘 나타나 있다. 이는 발행인 민준호의 소설관이라 해도 무방할 것
이다. 곧, 소설이란 인생과 사회를 반영하여 선악, 정사(正邪), 정조(精粗)를 깨닫
게 하며, 문예적으로 미(美)·진(眞)·시(詩)를 함양하는 것이라 하였다. 그런데
활자본 소설은 사소한 신이기묘(神異奇妙)를 부려 잠깐의 심심함을 달래고, 약간
의 웃음거리로 소일거리를 만드는 데 그친다고 비판하였다. 이는 소설이 사람들
로 하여금 인생의 심오한 뜻을 깨닫게 하고, 깊은 감동을 주어야 하는데, 현재
쏟아져 나오는 소설들은 결코 그렇지 못함을 비판한 것이다. 동양서원에서는 이
로 인한 문학계의 폐단을 막기 위해 전문가를 초빙하여 편집부를 새로 조직하고
이러한 취지에 적합한 소설을 제공한다고 하였다. 동양서원은 그러한 의도에 적
합한 소설의 양식으로 신소설을 택했으며, 이인직의 <귀의성>을 필두로 <마상
루>·<치악산>·<홍도화>·<빈상설>·<화세계>·<재봉춘> 등 26종의 작품
을 소개하였다.

2) 야담 〈김연광〉의 수용과 개작의 양상

〈金演光洞房再會其妻〉는 1910년을 전후하여 편찬된 야담집『양은천미(揚隱闡微)』[21]의 제36회 작품으로 수록되어 있다. 이 작품은 마지막 부분이 결락되어 끝의 내용은 정확히 알 수 없지만, 현전하는 내용에서는 〈마상루〉와 회소가 매우 유사하다. 먼저 두 작품의 내용을 대비하여 보기로 한다.

야담 〈김연광〉의 서사단락은 다음과 같다.

1) 서울 남촌에 진사 김연광이 살았다.
2) 임오군란이 일어나자 말을 사서 아내와 함께 처가인 廣州로 피난을 가다.
3) 김생이 과천 남태령 즈음에서 대변을 보다가 아내가 탄 말을 놓치다.
4) 김생이 아내를 찾다 못해 처가에 이르러 아내가 죽었다고 거짓말을 하다.
5) 김생의 아내는 남편이 없어진 줄도 모르고 홀로 말에 타고 가다가 과천 관악산 김동지 집 앞에 멈추다.
6) 홀아비인 김동지가 김생의 아내를 겁탈하려 음모를 꾸미다.
7) 김생의 아내가 음모를 알아채고 꾀를 내어 탈출하다.
8) 탈출한 김생의 아내가 산속 노파의 초막에 의탁하나 이번엔 노파가 자신의 아들과 짝 지워 주려 음모를 꾸미다.
9) 노파의 아들이 김생의 아내를 쳐다보고, 사죄를 하다. (이하

---

21) 〈김연광〉이 수록된『양은천미』는 1907년에서 1919년 사이에 편찬된 것으로 추정될 뿐(이신성,『〈천예록〉 연구』, 보고사, 1994, 41쪽), 정확한 편찬 시기는 알 수 없다.

결락)

다음으로 <마상루>의 서사단락은 다음과 같다.

1) 임오군란이 일어나 오영문 군인들이 살상을 하고, 사람들이 피난을 하다.

2) 서울 정동에 사는 권도사와 이씨 부인이 충주 장호원을 향해 피난길에 오르다.

3) 동대문을 지나서 이씨 부인이 주저앉으니, 권도사가 지나가던 마부 총각을 불러 부인을 말에 태워달라고 하다.

4) 마부 총각이 이씨 부인 태운 말을 바삐 몰고 가며 권도사를 떼어내다.

5) 마부 총각이 말을 멈추고 이씨 부인을 겁탈하려고 하자, 이씨 부인이 총각을 달래어 주막으로 가다.

6) 이씨 부인이 밤중에 주막을 몰래 빠져나와 도망치다.

7) 이씨 부인이 산속에서 인가를 찾아 들어가니, 할미의 총각 아들이 돌아와서 이씨 부인을 자기 아내로 삼으려 하다.

8) 이씨 부인이 꾀를 써서 총각을 시켜 양근읍 홍평양에게 구해달라는 편지를 보내다.

9) 홍평양이 산골 총각에게 죄를 자백 받고, 산골 총각의 집으로 하인들을 보내다.

10) 홍평양 하인들이 이씨 부인을 구하여 홍평양 집으로 돌아오다.

11) 홍평양의 동생 홍진사가 이씨 부인을 보고 흑심을 품다.

12) 홍진사가 누이 홍과부에게 부탁하여, 홍과부가 이씨 부인에게 술을 권하다.

13) 이씨 부인은 방에서 빠져 나오고, 홍진사가 그 방에 들어가 술

취한 홍과부를 실행(失行)시키다.

14) 검돌 내외가 이씨 부인을 모시고 친정인 충주 장호원으로 가다.

15) 권도사가 아내를 찾지 못하고 승방에 머물다가 자기 집으로 돌아가다.

16) 이씨 부인의 동생 명보가 서울로 올라가 매부를 찾아 장호원으로 데리고 가다.

17) 명보가 누이에게 매부가 죽은 것으로, 매부에게는 누이가 없다고 거짓말을 하다.

18) 명보가 누이가 있는 방에 권도사를 밀어놓고 장난을 치다.

19) 명보가 들어와 권도사 부부에게 해명을 하고 사과를 하다.

이상 <김연광>과 <마상루>의 해당 부분을 대비해 본 결과, 두 작품은 기본적인 구성은 유사하나 작품의 디테일은 상당 부분 달라져 있음을 알 수 있다.

개작의 양상을 살펴보면, 첫째, 아내를 잃은 계기가 다르다. <김연광>에선 <서진사전>과 마찬가지로 아내를 태운 말이 사라져 아내를 잃었다. <마상루>에선 권도사가 출발할 때 말을 준비하지 못하였다. 덕분에 피난 과정에서 주저앉은 이씨 부인을 지나가는 마부 총각에게 부탁하여 말에 태웠다가, 그 마부가 그대로 달려 도망치는 바람에 아내를 잃은 것이다.

둘째, 고난의 심화를 통해 구성을 강화하였다. 주요 사건을 대비하면 보면, <김연광>에는 김생의 아내가 당한 실행(失行) 위기가 홀아비 김동지와 산중 노파에 의해 모두 두 번 설정된다. 산중 노파의 아들에 의한 실행 위기는 그 아들이 김생의 부인을 보고 곧바로

사죄한 것[22]을 보면 그리 심각한 것은 아니었던 듯싶다. <마상루>
에는 이씨 부인의 실행 위기가 마부 총각, 산골 총각, 홍진사에 의해
모두 세 번 설정된다. 게다가 세 번 모두 이씨 부인으로선 꽤나 절
박한 순간들이었다. 그리고 작품의 마지막에서 처남들의 장난으로
권도사가 이씨 부인을 겁탈하려 한 사건도 도가 지나쳐 이씨 부인
으로선 혼비백산했을 정도였다. 이처럼 <마상루>에서는 주인공의
아내가 당한 고난의 횟수가 많고, 그 정도도 강해졌음을 알 수 있다.

셋째, 작중 주요 공간이나 주인공의 이름, 사건의 맥락이나 상황
도 변이가 적지 않게 이루어져 있다. 주요 사건과 함께 작품의 자세
한 내용을 도표화하여 대비하면 다음과 같다.

〈표 1〉 주요 내용 비교

구분	〈김연광〉	〈마상루〉
거주 공간	서울 남촌	서울 정동
작중 주인공	진사 김연광, 아내	권도사, 이씨 부인
피난 가는 고장	경기도 광주	충청도 장호원
주요 사건 1	과천에서 김생이 뒷일을 보는 사이 아내 태운 말이 사라지다.	동대문 밖에서 권도사가 아내를 마부 총각에게 부탁했다가 잃다.

---

22) 노파의 말을 들었을 때, 조리있게 설득하려 하였는데, 문득 보니 그 사람이 밥을
다 먹고 문득 방안으로 들어와 앉아서 한참 부인을 쳐다보았다. 부인이 고개를 숙이
고 말이 없는데, 그 사람이 한참 쳐다보다가 홀연 창 밖으로 물러나 문득 몸을 굽히
며 문안을 드렸다. "소인이 죽을 죄를 지었나이다." 부인이 매우 놀라 고개를 들어
바라보자, 그 사람이 아뢰었다. "부인은…… (이하 결락)"(이신성·정명기 공역, 앞
의 책, 308~309쪽)

주요 사건 2	김동지의 훼절 음모	마부 총각의 훼절 음모
주요 사건 3	산중 노파의 훼절 음모	산골 총각의 훼절 음모
주요 사건 4		홍진사의 훼절 음모

위에서 보듯 주인공들의 거주 공간, 주인공들의 이름, 피난 가는 고장, 주요 사건 등을 보아도 어느 것 하나 같은 것이 없을 만큼 <마상루>는 세세한 부분에서 광범위하게 개작이 이루어졌다.

넷째, 부분적으로 시간의 역전 서술 현상이 발견된다. 작품의 서두에서 작가는 피난하는 사람들 중에 한 부부의 모습을 묘사하다가 그들이 권도사 부부임을 소개하더니, 그 뒤로 권도사 부부의 내력과 피난을 떠나게 된 사정을 서술하였다. 이러한 시간의 역전 서술은 <마상루>에서만 발견되는 현상이다.

다섯째, <마상루>의 문체에 대해 살펴보자.

① 숨각산 상상봉에 식금은 구름이 뭉긔뭉긔 쩌오르며 만호쟝 안에 화약연긔가 자욱히 덥히더니 것뭇어 아우성소리 총소리가 니러나기 시작을 한다.(1쪽)

② (부인)여보게 총각〃〃 (총각)녜- (부인)우리 나으리가 어듸 오시는지 볼 수가 업스니 오시나 좀 보게. (총각)녜 걱정맙시오. 악가 뎌 산모통이예 도라오십뎨다.(16쪽)[23]

<서진사전>과 비교할 때[24], <마상루>의 문장에서 가장 눈에 띠

---

23) <마상루>, 한국학문헌연구소 편, 『신소설·번안(역)소설』10, 아세아문화사, 1978.

는 변화는 율문체가 사라졌다는 점이다. ①에서 보다시피 문장에 자수나 음보가 일정치 않고, 리듬을 발견하기 힘들다. 이는 작가가 묵독(默讀)을 전제로 문장을 썼다는 흔적이다. ②는 이씨 부인과 마부 총각이 대화를 하는 부분인데, 일일이 발언자를 표기한 다음 발언 내용을 서술하였다. 이처럼 <마상루>에는 지문과 대화를 구분하여 눈으로 읽는 소설로서의 시각적 언어기능을 강화하려고 하였다.25) <마상루>의 문장은 나열과 대구 표현이 많아 한 문장이 길게 이어져서 어디서 끝날지 모르는, 대체로 만연체에 가까운 문장이다. 그리고 문장의 종결이 "하더라"·"누엇더라"·" 란리더라"·"것이라"와 같이 거의 "-라" 형으로 일관된다는 점도 특징적이다.

여섯째, 제목의 개작 의미에 대해 살펴보기로 한다. 야담 <김연광>은 작품의 내용을 요약하여 담은 제목이다. 이에 비해서 '말 위에서 흘린 눈물'이란 뜻의 <마상루>란 제목은 신소설 일반의 표제법을 차용한 결과이다. 하동호가 작성한 신소설 목록26)에서 1906년부터 1926년까지 신소설 작품을 검토한 결과, 이런 제목의 작품으로는 이인직의 <血의淚>(1906)를 시작으로, <매화루(梅花淚)>(1912), <쌍옥루(雙玉淚)>(1913), <상사루(相思淚)>(1916), <강

---

24) <김연광>의 문장은 내용을 옮기는 수준으로, 문체상의 특이점은 그다지 언급할 것이 없다. 그러므로 <서진사전>과 비교하여 <마상루> 문체의 특이점을 분석하고자 한다.

25) 김상태, 「근대적 문체의 성립」, 황패강 외 편, 『한국문학연구입문』, 지식산업사, 1988, 554~557쪽.
박종철, 「개화기소설의 언어와 문체」, 이재선 외, 『개화기문학론』, 형설출판사, 1981, 264~268쪽.

26) 하동호, 앞의 글, 196~211쪽.

상루(江上淚)>(1919), <人情의淚>(1923), 그리고 <눈물>(1917), <옥련(玉蓮)의 눈물>(1922) 등 비슷한 제목을 포함하여 약 10종이 발견된다. '루(淚)'자 제목은 '화(花)'자 다음으로 많은 분포를 보이는 것이다. <血의淚>에서도 그랬지만, '루'자 제목의 신소설은 여주인공의 수난 이야기가 중심을 이룬다. 작품 제목의 '루'는 바로 여주인공들이 악한 적대자들에 의해 거의 죽음의 상황까지 이르는 극단적인 상황을 대변하는 것이라 할 수 있다.[27] 신소설에서 여인 수난 이야기는 굉장히 큰 비중을 차지한다. 이러한 사실은 이 이야기가 당대에 많은 독자층을 지닌 친숙한 이야기 틀이었음을 확인하게 하는데, <마상루> 역시 '여인 수난 이야기' 틀을 차용하고 있다.[28] 이는 <마상루>의 기획 의도가 '여인 수난 이야기' 틀을 수용하여 독자들의 공감대를 넓히고, 대중성을 확보하려는 것임을 알 수 있다.

3) 무법무례(無法無禮)한 현실과 비장한 피난자의 형상화

<마상루>의 작가는 다양한 악인형 인물들을 등장시키면서 개인의 우악스런 욕심, 욕망, 폭력성이 횡행하는 무법무례한 구한말의

---

27) 김교봉·설성경은, 독자는 눈물을 수반케 되는 상황을 통해 자신 경험과의 동질성을 확인하면서 공감하게 되는데, 그 수난의 상황이 도덕적 당위성에 의해 결국은 행복의 상황으로 전환될 것을 믿는 안도감으로 눈물의 의미를 수용하게 된다고 하였다(김교봉·설성경, 『근대전환기소설연구』, 국학자료원, 1991, 238쪽).

28) 을유문화사 본 『한국신소설전집』(1968)의 경우, 총 65편 중 대략 34편 정도가 여인 수난 이야기이다(김경애, 「신소설의 '여인 수난이야기' 연구」, 『여성문학연구』6집, 한국여성문학회, 2001, 114쪽에서 재인용).

인정세태를 그린다. 작품에는 네 번의 위기가 설정되는데, 각 위기마다 악인형 인물들은 이씨 부인을 겁탈하려 한다. 첫 번째 악인형인 마부 총각은 음흉하고 교활한 인물로, 이씨 부인을 속여 겁탈하려 한다. 두 번째 악인형인 산골 총각은 우악스럽고 무지한 인물로, 자기 집으로 피신한 이씨 부인을 강제로 아내로 삼으려 한다. 세 번째 악인형인 홍진사는 신분도 높고 경제적으로 유족한 양반으로, 이씨 부인을 술 취하게 하여 겁탈하려는 음모를 세우는 인물이다. 마지막엔 권도사가 처남의 장난에 속아 이씨 부인을 자기 부인인 줄도 모르고 겁탈하려는 일이 생긴다. 이들은 상하층을 막론하고 비도덕적 인물로서, 난리라는 상황을 이용하여 기존의 질서를 깨고 이씨 부인을 강압적으로라도 취하려 하는 욕망의 인간형이다.

이러한 위기 속에서 작가는 권도사와 이씨 부인을 비장한 피난자의 형상으로 그려낸다. 권도사와 이씨 부인은 세상물정을 잘 모르고, 인륜, 사랑 등의 유가적인 사고방식을 지니고 있는 인물이다. 권도사와 이씨 부인은 임오군란을 당하여 허둥지둥 충주 장호원으로 피난길을 떠난다. 권도사는 피난길에서 만난 마부 총각에게 아내를 태워달라고 통사정을 한다. 하지만 그는 마부가 흉계를 품고 말을 채찍질하여 달아나자 정신없이 쫓아가다 주저앉고 만다. 뒤에 권도사는 아내를 찾는 데 어떠한 역할도 하지 못하고 서울로 돌아가고 만다. 현실 인식 및 대처 능력이 전혀 없다는 점에서 권도사와 서진사는 공통적이다. 마지막 장면에서는 처남에게 속아 자기 아내를 다른 과부인 줄 알고 겁탈하려는 장면을 통해서 그의 위선적 면모가 폭로된다.

이씨 부인은 유족한 사대부가의 딸로, 결혼한 현재에도 경제적으로 매우 넉넉하다. 그런데 그녀는 피난길에서 거듭되는 위기를 만나 많은 고생을 한다. 그녀를 만난 남자들은 모두 그녀를 범하려 한다. 고난 속에서 그녀는 점차 의지적 인물로 변화해 간다.

말 위에서 그녀는 남편이 보이지 않자 계속 걱정을 하며, 마부에게 남편을 기다려 가자고 한다. 급박한 위기에서 긴장하며 남편과 자기 처지를 염려하는 모습은 <서진사전>의 숙맥 같은 권씨 부인과 대비가 된다. 곧이어 마부 총각이 음탕한 생각을 털어놓으며 본색을 드러내자 그때부터 이씨 부인은 자기 몸을 지키기 위하여 꾀를 궁리하고 상대방을 어르며 편지를 써 보내는 등 위기에 적극적으로 대처한다. 어딘가에서 자신을 찾고 있을 남편을 기다리며 자신의 몸을 지키려는 이씨 부인의 의지와 각오는 비상하다. <서진사전>의 권씨 부인이 우연과 구원자의 도움으로 위기의 순간을 넘어설 수 있었다면, 이씨 부인은 굳은 의지와 냉철한 판단력, 언변력을 통해서 거듭되는 위기를 극복할 수 있었다. 이씨 부인은 자기 몸을 내어주거나 개가하는 것에 대해선 조금도 마음이 없고, 오히려 자기 몸을 지키기 위해선 죽음도 불사하는 인물이다.

인물 형상화 면에서 빼놓을 수 없는 중요한 변화는 구원자의 인물형상이 강화되었다는 점이다. 작품에서는 홍평양과 그 집의 하인 검돌 내외가 이씨 부인의 구원자 역할을 한다. 이들은 '신의'와 '충직함'을 갖춘 도덕적 인간상이다.

<혈의누>에서 이인직이 문명사회에 대한 동경과 신교육을 주제로 하여 새 시대의 가치관을 제시하려 했다면, <마상루>에서 민준

호는 사대부가 부녀의 윤리적 여성상, 그리고 그녀의 견고한 정절
관 및 삶에 대한 적극적 의지를 거듭 형상화하였다. 일반적으로 신
소설의 여인 수난이야기는 역사적 문맥을 도외시하고 독자에게 운
명론적이고 순응적인 사고를 갖게 하여 현실에 안주하게 만들 가능
성이 높다고 지적된다.[29] 하지만 <마상루>에 그려진 여인 수난이
야기는 적어도 이러한 한계점과 이념성에 갇혀 있지 않고, 현실적
이고 운명 개척적인 사고방식을 보여준다.

4. 근대전환기 소설문학사의 국면과
<서진사전>·<마상루>의 위상

<서진사전>과 <마상루>는 임오군란 피난담을 공유한 작품으로
서, 1910년대를 전후한 근대전환기 소설문학사[30]의 국면 속에서 각
기 고소설과 신소설로서의 특성이 무엇인지를 잘 보여주는 작품들
이다. 필자는 이 작품들의 특성 및 성과를 파악하기 위하여 다음과
같은 질문을 설정하였다. 첫째, <서진사전>은 고소설사의 마지막
시기에 새롭게 지어진 작품으로서, 어떠한 점에서 개성을 평가할
수 있는가? 둘째, <마상루>는 전대의 서사물인 야담을 개작하여

---

29) 김경애, 앞의 글, 112쪽.
30) 근대전환기 소설은 봉건주의의 개혁이라는 민족 내부적 요구와 제국주의의 침략
    에의 대응이라는 외부적 과제를 한꺼번에 안고 있던 한국 역사상 유래 없는 시련기
    에 나타난 소설로, 1906년에서 1917년 사이에 나타난 소설들을 지칭한다(김교봉·설
    성경, 앞의 책, 9쪽). 이 시기 소설문학사에는 신소설을 비롯하여, 신작 고소설, 야담
    등이 병존하며 경합을 벌이고 있었다.

지어진 신소설 작품으로서, 주목할 만한 특성은 무엇인가? 각각의 질문에 대해 답을 찾으면서 두 작품의 소설사적 위상에 대해 평가하고자 한다.

<서진사전>은 중세 마지막 시기의 역사적 사건인 병인양요와 임오군란에 관한 서술이 발견되는 유일무이한 고소설 작품이다. 뿐만 아니라 <서진사전>은 1910년대를 전후한 시기에 이해조의 판소리 개작소설 연작과 함께 판소리계 소설의 맥이 이어지고 있음을 보여주는 작품이다. <서진사전>의 본령은 바로 동시대의 역사적 사건과 피난담을 결합하여 근대전환기 판소리계 소설의 새로운 가능성을 보여주었다는 점에 있다.

1843년에 지어진 송만재의 <관우희(觀優戱)>에는 <춘향가>, <심청가>, <흥보가>, <배비장타령>, <장끼타령>, <왈자타령> 등 판소리 열두 마당의 제목이 소개되어 있다. 이 작품들은 뒤에 대부분 판소리계 소설로 정착되어 독자들에게 읽혔다. 1912년에는 이해조가 판소리 <춘향가>를 개작한 <옥중화(獄中花)>를 <매일신보>(1912.1.1~3.16)에 연재하고 그해 8월 단행본으로 출간하였으며, 또 <강상련(江上蓮)>·<燕의脚>·<兎의肝> 등 판소리 개작소설을 각각 신문에 연재하고 단행본으로 출간하였다. 그런데 <서진사전>은 전래의 판소리 열두 마당에서 기원한 작품이 아님에도 불구하고, 문체, 인물 형상화, 골계미의 구현 등의 면에서 판소리계 소설로서의 현저한 특성을 보여준다. 20세기를 전후하여 지어진 '신작 구소설'들의 주류가 애정소설, 영웅소설, 역사소설, 우의소설 등이었음을 생각할 때,[31] <서진사전>의 출현은 근대전환기 소설

문학사의 국면에서 매우 흥미로운 사건이라 할 수 있다.

<서진사전>은 필사본으로만 전하고 있다. 이는 이 작품이 새로 창작된 작품이고 잘 알려지지 않았기 때문일 수도 있고, 또는 유통의 과정에서 작가가 마땅히 출판의 계기를 마련할 만한 환경에 있지 못하였기 때문일 수도 있다. 비록 널리 알려지지는 않았을지라도, <서진사전>은 20세기 초 고소설과 야담, 신소설이 공존하는 근대전환기의 소설문학사에서 골계의 미학을 온축하며, 판소리계 소설의 계보를 이어간 개성 있는 작품이라는 점에서 소설사적 가치가 크다.

<마상루>의 작가는 여인 수난 이야기에 주목하여 기존에 전래하는 야담을 원 텍스트로 취하여, 구성과 인물 형상화를 강화하는 쪽으로 개작의 방향을 취하였다. 그 결과 <마상루>는 <김연광>이나 <서진사전>보다 갈등과 등장인물이 훨씬 복잡해지고, 인물의 성격도 풍부해졌다. 개작의 방향에서 특히 주목되는 것은 여주인공의 성격 변화이다. 이씨 부인은 평범한 사대부가 부녀에서 의지적 여인상으로 변화한다. 또한 악인형 인물이 강화됨으로써 질서와 예법이 문란해진 현실이 잘 그려졌다. 이러한 작중 세계에서 주인공은 갈수록 점점 절박한 상황에 처하게 되고, 정신을 바짝 차리고 대응하지 않으면 위기를 벗어날 수 없다. 독자들도 이러한 장면장

---

31) 이은숙에 의하면, 20세기를 전후하여 지어진 신작 구소설은 애정소설 11편, 영웅소설 8편, 역사소설 6편, 우의소설 3편 등 34편에 이른다(이은숙,『신작구소설 연구』, 국학자료원, 2000, 190쪽). 이중 1910년대에 지어진 구활자본 소설은 모두 19종인데, 역사소설, 군담소설, 애정소설이 주류를 이룬다(권순긍, 앞의 책, 55~ 56쪽).

면에 눈을 떼지 못하고 쫓아 읽을 수밖에 없다. 이러한 과정을 거쳐 신소설 <마상루>는 <서진사전>의 골계미 대신에, '비장미'와 '홍미성'이라는 다른 색깔의 소설미학을 확보하게 된다. 이러한 점이 <마상루>의 개성이다. 태생적으로 창의력이 부족하다는 지적을 피하기 힘들 수도 있겠지만, 전대의 서사물을 새로운 감각의 대중소설로 가공하여 전통적인 고소설 독자와 새 이야기를 갈망하는 신소설 독자 사이에 가교 역할을 한 것은 민준호와 김교제의 몫이자, 공이라고 할 수 있다. 이런 점에서 "신소설이 전대 소설의 전통을 시대적 요청에 맞도록 개조했고, 전대 소설과는 다른 가치를 창조했다."는 평가32)는 <마상루>의 경우에서도 유효하다.

김교봉은 신소설을 토론·우유형, 행복결말형, 불행결말형으로 서사양식을 분류한 바 있다. 이 중 행복결말형은 주동인물이 반동인물에 의하여 고난을 당하다가 구원자 출현으로 결국 행복을 쟁취하는 유형이다. 또한 도덕형과 비도덕형 인물의 대립관계에서 주인공이 고난을 겪게 되는데, 비도덕형 인물로는 재물 욕구나 신분상승 욕구만을 충족시키려는 하인배들과 법치주의적 질서가 문란해진 사회에 만연하는 도적이나 불한당이 주류를 이룬다고 하였다.33) 위의 분류 기준에 의하면 <마상루>는 '행복결말형'으로 분류되는 작품이다. 그리고 주인공의 고난 양상이나, 도덕형 및 비도덕형 인물로 설명된 내용 또한 <마상루>의 인물들의 성격을 설명하기에 적절하다. 김교봉은 또한 신소설이 전환기의 시대에 기존관

---

32) 조동일, 『신소설의 문학사적 성격』, 서울대 한국문화연구소, 1973, 152쪽.
33) 김교봉, 앞의 글, 99~101쪽.

넘을 부정하거나 수정하려는 새 가치관을 표방하면서도, 한편으로
는 변동하는 사회에서도 충효열과 같은 전래적 가치관은 지속적으
로 준수되어야 할 것임을 동시에 표방한 점을 신소설의 주제적 특
성이라고 하였다.[34]

이러한 논의에 따르면, <마상루>는 '의지적 여인상'이라는 차별
화된 인물형상을 창조하고, '정절', '신의', '충직함'이라는 주제적
가치를 표방한 작품이다. 이 점에서 <마상루>는 신소설 일반의
대중성과 흥미성을 잘 갖추면서도, 1912년의 당대 문화 현실에서
자기 색깔과 목소리를 나름대로 분명하게 드러낸 작품이라고 할
수 있다.

마지막으로 <서진사전>과 <김연광> 및 <마상루>의 성립과정
및 관계에 대해 따져볼 필요가 있다. 필자는 임오군란 피난 과정에
서 일어난 한 부부의 일화가 1910년을 전후한 시기에 민간에 구비
전승 되고 있었다고 생각한다. 그 구비전승은 거의 동 시기에 한편
으로는 고소설 <서진사전>으로, 다른 한편으로는 야담 <김연광>
으로 수용되었고, <김연광>은 다시 민준호에 의해서 신소설 <마
상루>로 개작되었다. <서진사전>의 작가는 단순히 구비전승을 수
용하는 것에 그치지 않고, 서참판의 병인양요 피난담과 결합하여
새롭게 서사를 꾸몄다. 서참판의 병인양요 피난담이 어떻게 해서
서진사의 임오군란 피난담과 결합하게 되었는지에 대해선 명확히
설명할 길이 없다. 이는 작가의 창작일 수도 있고, 어쩌면 실제 있

---

34) 위의 글, 120~124쪽.

었던 이야기가 소설화된 것일 수도 있다. 분명한 것은 이 부분이 <김연광> 및 <마상루>와 대비되는, <서진사전> 서사의 가장 두드러진 특징이라는 점이다.

한편 이 글의 검토 과정에서, <김연광>이 수록된 『양은천미』가 1907년부터 1919년 사이에 편찬된 것으로 추정되기 때문에 <김연광>과 <마상루>의 선후 문제를 확증할 수 없다는 지적이 있었다. 충분히 숙고할 만한 지적이다. 다만 '3.1.<마상루>의 작가 문제'에서 민준호를 비롯하여 1910년대 당시 활자본 소설 및 신소설 작가들이 전대의 서사물을 개작하여 출판한 사례가 상당 수 있음을 보았듯이, 야담 <김연광>이 <마상루>보다 선행하고, 민준호가 이를 개작하여 <마상루>를 지었다고 보는 것이 타당하지 않을까 생각한다.

임오군란 피난담과 '여인의 수난 이야기'를 다루었다는 점에서 <서진사전>, <김연광>, <마상루>는 부분적으로 유사성이 있다. 하지만 전체적으로 볼 때 <서진사전>은 임오군란 피난담에 병인양요 피난담이 결합되어 새롭게 서사화된 작품이다. 뿐만 아니라, 문체, 골계미를 포함하여 판소리계 소설의 서사기법이 두드러져서 다른 작품들과는 변별성이 명확하다. <서진사전>이나 <마상루>의 텍스트 상에는 특별히 서로 영향을 주고받은 흔적이 발견되지 않는다. 작가들도 서로의 텍스트를 보지 못했을 가능성이 높다. 그래서 자신들이 처한 각각의 지점에서 서로 다른 개성을 표현할 수 있지 않았을까 추정한다.

결론적으로 필자는 두 가지 경로, 곧 구비전승 ⇒ <서진사전>,

구비전승 ⇒ <김연광> ⇒ <마상루>의 경로로 임오군란 피난담을
제재로 한 신·고소설이 성립되었다고 보았다.

5. 맺음말

이 장에서 필자는 임오군란 피난담을 공통의 제재로 한 고소설
<서진사전>과 신소설 <마상루>의 소설작법을 비교 서술하였다.
필자는 이 글에서 첫째, 판소리 소설문법의 계승과 인물의 골계적
형상화를 중심으로 <서진사전>의 소설작법을 분석하고, 둘째, 야
담 <김연광>과 신소설 <마상루>의 내용을 대비하면서, <마상루>
에서 이루어진 구체적인 개작 양상을 분석하였다. 셋째로, <서진사
전>과 <마상루>를 대비하며 1910년대를 전후한 시기에 각기 고소
설과 신소설로서 갖는 개성 및 소설사적 의미에 대해 논하였다. 이
상에서 논의한 바를 요약·정리하면서 맺음말에 대신하고자 한다.

1910년을 전후한 시기에 지어진 <서진사전>의 소설작법에서 주
목할 만한 점은 크게 세 가지로 요약된다. 첫째, 작가는 병인양요와
임오군란 때의 피난담을 결합하여 서사화하였다. 둘째, 작가는 병
인양요나 임오군란의 국면에서 전형적인 면을 포착·서술함으로써
현실 인식 및 반영의 면에서 심화된 면을 보여준다. 셋째, 작가는
판소리계 소설을 비롯하여 전대의 고소설 일반의 소설작법을 체득
하여 능숙히 구사하고 있다. 구체적으로 보면 판소리계 소설에서
활용된 골계의 다양한 기법들의 활용, 가요와 한시 등을 삽입하여

서정적 분위기를 고양시키는 방식, 4자 4음보의 리듬을 갖춘 율문체 문장 등이 그것이다.

인물 형상화의 면에서, 가장 두드러진 특징은 작가가 남녀 주인공을 골계적 인물로 형상화하였다는 점이다. 서진사와 권씨 부인은 별다른 상황 인식이나 현실 대처 능력도 없이 우연과 구원자의 도움으로 위기를 극복한다. 이러한 인물형상은 <배비장전>과 <흥부전>에서 배비장의 모습과 흥부의 모습이 중첩되는, 희화·비하됨으로써 웃음을 유발하는 골계적 형상이다.

<마상루>는 민준호가 야담 <김연광>을 개작하여 1912년 지은 작품이다. <김연광>과 <마상루>를 대비해 본 결과, 두 작품은 기본적인 구성은 유사하나 작품의 디테일은 상당 부분 변개되어 있다. 주인공들의 거주 공간, 주인공들의 이름, 피난 가는 고장, 주요 사건 등 어느 하나 같은 것이 없을 만큼 세세한 부분에서 개작이 이루어졌다. 그 중에서도 특히 여주인공의 고난을 강화함으로써 구성을 대폭 강화하였다는 점이 특징적이다.

작가는 다양한 악인형 인물들을 등장시키면서 불법이 횡행하는 무법무례한 구한말의 인정세태를 그린다. 작가는 권도사와 이씨 부인을 비장한 피난자의 형상으로 그려낸다. 권도사와 이씨 부인은 세상물정을 잘 모르고, 인륜, 사랑 등의 유가적인 사고방식을 지니고 있는 인물이다. 이씨 부인은 피난길에 몇 차례 고난을 겪으면서 차츰 의지적 인물로 변화해 간다. 이씨 부인은 굳은 의지와 냉철한 판단력, 그리고 위해자를 설득하는 언변력을 통해서 거듭되는 위기를 극복할 수 있었다. 이외에 홍평양과 그 집의 하인 검돌 내외 등

구원자의 인물형상이 강화된 점도 <김연광> 및 <서진사전>에 비해 크게 달라진 점이다.

다음으로, 두 작품의 개성 및 소설사적 의의는 다음과 같이 평가된다. <서진사전>은 문체, 인물 형상화나 골계미의 구현 등 전반적으로 판소리계 소설로서의 현저한 특성을 보인다. <서진사전>의 본령은 바로 동시대의 역사적 사건과 피난담을 결합하여 근대전환기 판소리계 소설의 새로운 가능성을 보여주었다는 점에 있다. 작가는 허둥대는 나약한 피난자라는 인물형상을 창조함으로써 현실인식을 드러내고, 한편으론 해학과 골계의 미학을 구현하였다. <서진사전>은 20세기 초 고소설과 야담, 신소설, 근대소설이 공존하는 근대전환기의 소설문학사에서 골계의 미학을 온축하며, 판소리계 소설의 계보를 이어간 개성 있는 작품이라는 점에서 소설사적 가치가 크다.

<마상루>의 작가는 여인 수난 이야기에 주목하여 기존에 전래하는 야담을 원 텍스트로 취하여, 구성과 인물 형상화를 강화하는 쪽으로 개작의 방향을 취한 신소설이다. 그 결과 <마상루>는 <김연광>이나 <서진사전>보다 갈등과 등장인물이 훨씬 복잡해지고, 인물의 성격도 풍부해졌다. <마상루>는 의지적 여인상이라는 차별화된 인물형상을 창조하고, '정절', '신의'와 '충직함'이라는 주제적 가치를 표방한 작품이다. 그 결과 <마상루>는 <서진사전>의 골계미 대신에, '비장미'와 '흥미성'이라는 다른 색깔의 소설미학을 표방하게 된다. 이 점에서 <마상루>는 신소설 일반의 대중성과 흥미성을 잘 갖추면서도, 1910년대 당대 문화현실에서 자기 색깔과 목소리를 나

름대로 분명하게 드러낸 작품이라고 할 수 있다.

 이상에서 임오군란 피난담이라는 공통의 제재를 가지고 서로 다른 개성을 표현한 두 작품의 소설작법을 대비·분석하여 보았다. <서진사전>과 <마상루>는 근대전환기 소설문학사에서 고소설과 신소설의 상관성 및 창작과정 상의 제 문제를 구체적으로 살필 수 있다는 점에서 대비 연구의 가치가 크다. 논의의 초점과 지면의 한계 때문에 이 글에서는 간략히 언급하였지만, '인물 형상화'의 방식과 의미에 관해서는 좀 더 충분한 논의가 필요하리라고 생각한다. 이 점은 다음 과제로 남겨두기로 한다.

참고문헌

강한영 교주, 〈심청가〉, 『신재효판소리전집』, 보성문화사, 1978.

권석봉, 「임오군란」, 『디지털 한국민족문화백과대사전』, 한국정신문화연구원, 동방미디어주식회사, 2002.

권순긍, 『활자본 고소설의 편폭과 지향』, 보고사, 2000.

김경애, 「신소설의 '여인 수난이야기' 연구」, 『여성문학연구』6집, 한국여성문학학회, 2001.

김교봉, 「신소설의 서사양식과 주제의식에 관한 연구」, 연세대 박사학위논문, 1986.

김교봉·설성경, 『근대전환기소설연구』, 국학자료원, 1991.

김상태, 「근대적 문체의 성립」, 황패강 외 편, 『한국문학연구입문』, 지식산업사, 1988.

김창현, 『한국문학에 나타난 가족과 공동체』, 제이앤씨, 2004.

김교제, 〈마상루〉, 동양서원, 1912; 한국학문헌연구소 편, 『신소설·번안(역)소설』10, 1978, 아세아문화사.

박상석, 「〈추풍감별곡〉 연구-작품의 대중성을 중심으로-」, 연세대 석사학위논문, 2007.

박종철, 「개화기소설의 언어와 문체」, 이재선 외, 『개화기문학론』, 형설출판사, 1981.

박종홍, 『현대소설의 시각』, 국학자료원, 2002.

송성욱 교주, 『춘향전』, 민음사, 2004.

신재효, 〈심청가〉, 『신재효판소리전집』, 보성문화사, 1978.

신재효, 남창 〈춘향가〉, 『신재효판소리전집』, 보성문화사, 1978.

오종호, 「개화기 소설의 대중화 과정 연구」, 대구효성가톨릭대학 박사학위논문, 1999.

이가원 교주, 「조선의 동쪽 계곡에-〈정광주피난록〉」, 『문학사상』19집, 문학사상사, 1974.4.

이신성, 『〈천예록〉 연구』, 보고사, 1994.

이신성·정명기 공역, 『양은천미』, 보고사, 2000.

이윤석·정명기 저, 『구활자본 야담의 변이양상 연구』, 보고사, 2001.

이은숙, 「신소설 〈마상루〉의 구비문학 활용방식」, 『한국학대학원논문집』 6집, 한국정신문화연구원, 1991.

이은숙, 『신작구소설 연구』, 국학자료원, 2000.

이주영, 『구활자본 고전소설 연구』, 월인, 1998.

이채연, 「정광주피난록의 임란 수용양상」, 동국대학교 한국문학연구소 편, 『전쟁의 기억, 역사와 문학』상편, 월인, 2005.

이혜숙, 「추풍감별곡 연구」, 성신여대 박사학위논문, 2001.

이혜순, 「신소설 〈행락도〉 연구-중국소설 〈등대윤귀단가사〉와의 관계를 중심으로-」, 『국어국문학』 84권, 국어국문학회, 1980.

조동일, 『신소설의 문학사적 성격』, 서울대 한국문화연구소, 1973.

조동일, 『한국문학통사』4권(2판), 지식산업사, 1989.

하동호, 「개화기소설의 서지적 정리 및 조사」, 『동양학』7집, 단국대 동양학연구소, 1977.

〈서진사전〉 현대어역

일러두기

1. 작품 원문의 문장을 한글맞춤법에 맞게 교정하였으며, 맞춤법, 띄어쓰기, 문단 나누기, 문장부호 사용을 통하여 읽기 쉽게 하였다.
2. 한자어는 가능한 한 괄호 안에 한자를 병기하였으며, 인명, 지명, 고유명사나 어려운 한자어는 각주를 붙여 뜻을 자세히 밝혔다.
3. 〈 〉부호를 이용하여 원문의 장이 나뉘는 곳을 표시하였다.

〈서진사전〉 현대어역

서진사전(徐進士傳)

〈1〉광무(光武) 3년 병인(丙寅)[1] 1866년 가을에 서양 배가 넓은 바다에 정박하였다. 그때까지는 조선 사람이 외국 사람과 서로 만날 수 없었기 때문에 다른 나라 사람은 그림자도 본 사람이 없고, 화륜선(火輪船)이 무엇인지 모르던 차에 산더미 같은 배에 쌍화통(雙火筒)이 높이 솟아 있는 모습을 보고 '쌍돛대백이 배'라 하였다.

대원군(大院君)[2]이 호협(豪俠)한 기상이 있어 국사(國事)를 마음대로 부리니 백성들의 소동(騷動)을 생각지 아니하고 격서(檄書)를

---

[1] 이 때는 1866년을 말함. 광무(光武)는 조선 고종 때 쓰인 연호이며, 고종 34년 (1897) 8월부터 44년(1907) 7월까지 10년 간 사용한 것으로, 광무 3년은 서기 1899년 이다. 하지만 병인양요(丙寅洋擾)가 일어난 병인년은 광무 3년이 아닌 고종 3년, 곧 1866년으로, 저자가 고종 3년을 광무 3년으로 혼동한 것으로 보인다. 여기에 언급된 병인양요는 고종 3년(1866)에 로스(Ross)가 이끄는 프랑스의 함대가 강화도를 침범하였다가 조선군의 반격으로 40일 만에 물러난 사건을 말한다. 병인양요(丙寅洋擾)는 흥선대원군의 천주교 탄압을 구실로 삼아 외교적 보호를 명분으로 하여, 프랑스 함대가 강화도에 침범한 제국주의적인 전쟁이다. 결과적으로 프랑스 함대는 패퇴하였고, 이 사건으로 말미암아 조선의 쇄국정책은 한층 강화되었다.

[2] 대원군(大院君): 흥선대원군(興宣大院君:1820~1898). 고종의 생부로 성명은 이하응(李昰應). 고종이 12세에 왕위에 오르자 섭정이 되어 국가의 실권을 장악하여 서원 철폐, 법전 편찬, 경복궁 중건 등 과감한 시책을 단행하고, 한편 천주교의 탄압과 쇄국양이(鎖國洋夷)의 정책을 폈다.

보내 여부(與否)를 알아보지 아니하고 군사를 선발하였다. 이에 훈련청(訓練廳) 군사 5천7백72명, 무위영(武威營) 군사 3천여 명과 금위영(禁衛營) 군사 수천여 명과 각부(各部) 군사 만여 명이 뽑히었다. 이경하(李景夏)3)를 대장(大將)으로 임명하고 어재연(魚在淵)4)을 부장(副將)으로 삼아 부대를 이끌도록 하더라. 각도 각읍에 관자(關子)5)를 보내어 포수(砲手)를 뽑아 올리니, 부모형제 처자 권속(眷屬)이 거리거리 나와 다시는 못 볼 줄 알고 이별하니, 가는 사람도 통곡하고 보내는 사람도 통곡하니 곡성(哭聲)이 진동하여 천지가 요란하였다.

〈2〉그 와중에 속오군(束伍軍)6)을 일일이 뽑아 군사를 충원하라 하니 일국인민(一國人民)이 소동하여 죽 끓듯 물 끓듯 하니 어느 누가 동심(動心)치 아니하리요. 억만(億萬) 장안(長安)의 팔만 가구가 이동하지 않는 이가 없어 장마물에 쇠비 밀리듯 하니, 사방팔문(四方八門)에 문이 좁아 나갈 수가 없었다. 이러니 가마를 놓고 분대기 치다가 잠깐사이에 가마가 바뀐 줄도 모르고 메고 가서 보니 제

---

3) 이경하(李景夏:1811~1891). 고종 때의 무장으로 흥선대원군이 집권하자 훈련대장, 한성부 판윤, 형조판서, 강화부 유수 등을 지냈다. 1866년 병인양요 때 프랑스군이 강화도를 공격하고 한강을 봉쇄하자 순무사(巡撫使)로 발탁되어 도성 방비의 책임을 맡고 출전하였다.

4) 어재연(魚在淵:1823~1871). 고종 때의 무장으로 1866년 프랑스 로즈 함대가 강화도를 침략하였을 때 병사를 이끌고 강화도 광성진을 수비하였다. 1871년 신미양요 때에는 미국 로저스 제독이 지휘하는 군함과 광성진에서 격돌하였다가 전사하였다.

5) 관자(關子): 조선조 때 상급 관청과 하급 관청 사이에 주고받던 공문서.

6) 속오군(束伍軍): 조선 후기에 설치된 지방군의 하나로, 역(役)을 지지 아니한 양인과 사노(私奴)들로 편성되었다. 선조 27년(1594)에 두었으며, 평시에는 군포를 바치게 하고 나라에 일이 있거나 훈련할 때에 소집하였다.

아내가 아니오, 알지도 보지도 못한 여인으로 바뀌어 오기도 하고, 젊은 부녀는 어디 가고 귀신 다 된 늙은이가 앉아 있으니 이 늙은이를 어이할꼬. 사방으로 다 도망쳐 달아났는데 어디 가서 어미를 찾으며, 어디 가서 아내를 찾을까. 그런저런 난리(亂離)로다.

병인양요(丙寅洋擾)

병인양요(丙寅洋擾)는 1866년(고종 3년)에 흥선대원군의 천주교 탄압을 구실로 삼아 외교적 보호를 명분으로 하여, 프랑스 함대가 강화도에 침범하면서 일어난 전쟁이다. 프랑스는 천주교 박해에 대해 보복한다는 구실로 침범하였으나, 그 본 목적은 조선의 문호를 개방하려는 것에 있었다.

이전에 철종은 천주교에 대해 관대하였는데, 이 틈을 타서 베르뇌 주교, 리델 신부 등의 프랑스인 선교사가 많이 들어와 전교에 힘썼으므로 1861년(철종 12년)에는 천주교인의 수가 1만8천 명, 1865년(고종 2년)에는 2만3천 명을 헤아리게 되었다.

한편 1864년(고종 1년) 러시아인들이 함경도의 경흥부에 방문해 조선 정부에 통상을 요구하였다. 이런 갑작스러운 요구에 조선 정부는 아무런 대책을 세우지 못하고 당황하고 있을 때, 당시 조선에 선교를 목적으로 방문 중이던 천주교 선교사들이 조선 정부가 프랑스, 영국과의 동맹을 체결한다면 프랑스의 나폴레옹 3세의 힘을 빌려 러시아의 남하를 저지할 수 있음을 주장했다. 하지만 러시아 측의 통상 요구 시일이 지나면서 조선 정부는 안심하게 되었고, 선교사들이 제안했던 삼국 동맹도 무산된다. 이때 3국 동맹을 제안했던 선교사들도 무책임한 주선을 했다며 지탄받게 되었다.

1866년(고종 3년) 정월 홍선대원군은 전국에 천주교 탄압령을 내렸고, 대대적인 탄압이 이루어졌다. 이때 남종삼·정의배 등 조선의 천주교도 8천여 명이 학살되었고, 당시 조선에 머무르고 있었던 프랑스 선교사 12명 중 9명이 처형되었다. 살아남은 프랑스 선교사 3명 중 하나였던 리델 신부는 탈출에 성공하여 텐진에 있던 프랑스의 인도차이나 함대 사령관 로즈 제독에게 이 사실을 알렸다.

1866년 음력 9월 로즈 제독이 인솔하는 프랑스 군함 3척이 리델 신부와 조선인 신자 3명의 안내로 지금의 인천 앞바다에 이르렀다. 음력 9월 11일(양력 10월 18일) 순무영에서 프랑스 함대에 격문을 보내니 회답 격문이 왔다. 그들은 조선 정부가 선교사를 죄없이 죽였기 때문에 왔다고 주장하면서, 죽은 프랑스 천주교회 선교사 9명에 대신하여 조선인 9천 명을 죽이겠다고 협박하였다.

1866년 음력 9월 18일(양력 10월 25일) 프랑스 함대는 한성부 근교 양화진(楊花津)·서강(西江) 일대에 진출했다. 이에 조선 정부는 급히 어영대장 이용희를 파견하여 한강 연안 경비를 강화하였다. 프랑스 함대에서는 3척의 소함대로는 도성 공격이 곤란함을 깨닫고, 그 부근의 지형만 정찰하고 음력 9월 25일에 청나라로 물러났다.

조선 정부는 더욱 군비를 갖추고 한강 일대의 경비를 엄하게 하였다. 그 해 음력 10월 11일 로즈 제독은 프리깃 함 게리에르(Guerrière)를 포함한 7척의 군함과 일본의 요코하마에 주둔해 있던 해병대 300명을 포함한, 도합 1,230여 명 가량의 해병대를 동원해 다시 강화도 부근의 물치도(勿淄島) 근처로 진출하였다.

음력 10월 14일에는 프랑스 함정 4척과 해병대의 일부가 강화도의 갑곶진(甲串鎭) 부근의 고지를 점령한 뒤 한강의 수로를 봉쇄했다. 이어 16일에는 프랑스 함대 전군이 동원되어 강화성을 공략해 점령하고 여러 서적 등을 약탈하였다.

이에 조선 정부는 이경하(李景夏)·이기조(李基祖)·이용희·이원희(李元熙) 등의 장수들을 급히 양회진·통진(通津)·광성진(廣城津)·부평(富平)·제물포 등의 여러 요소와, 문수산성·정족산성 등지에 파견하여 도성 수비를 강화하면서, 19일에는 프랑스 측에 공문을 보내 프랑스 군의 철수를 요구했다. 그러나 로즈 제독은 조선 측의 선교사 처형 등의 천주교 탄압행위를 비난하면서 전권대신의 파견을 요구했다.

음력 10월 26일에는 120여 명의 프랑스 군이 문수산성을 정찰하다가 매복 중이던 한성근(韓聖根) 등 조선 군의 공격을 받고 27명의 사상자를 내고 물러났다.

음력 11월 7일 프랑스 군은 다시 교동부(喬桐府)의 경기수영(京畿水營)을 포격하고, 앞서 강화부를 점령한 일대 160여 명의 프랑스 군이 정족산성의 공략을 시도했다. 그러나 그곳에서도 매복 중이던 천총(千摠) 양헌수(梁憲洙) 및 사격에 능한 500여 명의 조선군 포수들의 공격을 받아 6명이 사망하고 30여 명이 부상을 입으면서 프랑스 군의 사기는 크게 저하되었다. 이에 놀란 프랑스 군은 장녕전(長寧殿)을 위시한 여러 관아(官衙)를 불사르고 갑곶진으로 퇴각했다. 로즈 제독은 이 이상의 교전이 불리함을 깨닫고, 음력 11월 18일 1개월 동안 점거하였던 강화성에서 물러나 청나라로 철군했다.

<위키피디아 참조>

화계동(花溪洞)[7] 사는 서가보라는 이가 일찍이 과거(科擧)에 급제

하여 참판(參判) 벼슬까지 지내고 무임(無任)으로 치산제가(治産齊家)에 힘쓰더니, 늦게 아들 하나를 두어 노비(奴婢) 족속은 많으나 식구는 신겸처자삼구야(身兼妻子三口也)[8], 셋뿐이었다.

"내가 일찍이 임금을 섬기다가 난세를 당하여 국가를 돕지 아니하고 피난 가는 일이 옳지 아니하나, 본디 지모(智謀)도 없고 용력(勇力)도 없으니 '정진무용(征塵武勇)이 비효야(非孝也)'[9]라 하니 공연이 진중(陣中)에서 죽어도 소용 없고 처자를 부탁 〈3〉하여 보낼 데가 없으니, 처자식을 구완치 못하여 절사(絶死)하면 도리어 조상에게 죄를 입는 것이 되겠으니 피난 가는 것이 옳도다."

하고 감록(鑑錄)[10]을 보니, "나라에서 안동(安東)으로 파천(播遷)을 하신다." 하였다. 서가보가 마음속으로 생각하기를,

'이번 난에 임금께서 파천을 하실까 싶으니 미리 안동땅에 내려가 있다가 만일 파천하시거든 대가(大駕)를 맞아 시위(侍衛)하리라.'

---

7) 화계동(花溪洞): 현재 서울시 노원구에 소재한 화계동.
8) 신겸처자삼구야(身兼妻子三口也): 남자가 아내와 자식을 하나씩 두어 모두 세 식구라는 뜻.
9) 정진무용비효야(征塵武勇非孝也): 남자가 날쌔고 용맹스러워 공연스럽게 싸움에서 몸을 날리는 일이 오히려 효에는 어긋난다는 뜻.
10) 감록(鑑錄): 정감록(鄭鑑錄)을 이름. 정감록은 조선 중기 이후 백성들 속에 유포된, 나라의 운명과 백성의 앞날에 대한 예언서이다. 풍수지리상으로 본 조선 왕조 후 역대의 변천 따위를 예언한 것으로, 이심(李沁)과 정감(鄭鑑)의 문답을 기록한 책이라 하나 이본이 많아 확실한 것은 알 수 없다. 정감록은 기존체제 비판과 새시대 예언의 전거(典據)로 내세워졌고, 피압박 민족의 말세적 구원신앙으로 발전하여 많은 신흥종교의 연원이 되었으며, 재난이 있을 때마다 자기들과 관련하여 안심입명(安心立命)의 비결로 삼았다.

하였다. 이에 노비들을 불러 분부하였다.

"가장직물(家藏什物)[11]은 너희들에게 주겠으니, 만일 난리가 진정되면 골고루 나눠 가지거라. 나는 천리원정(千里遠程) 낙향(落鄕)하는 사람이라 속히 올라올 가망이 없다."

참판은 급히 몇천 금 재물을 경보(輕寶)[12]로 지니고, 사당(祠堂)을 부인 탄 가마에 모시고 안동으로 내려갔다. 그곳에서 들으니, 석개반나라 하는 곳이 있는데, 태백산(太白山) 속으로 한참 들어가면 있는 별유천지비인간(別有天地非人間)[13]이라 하였다. 서가보가 그 날로 그 곳을 찾아가니 과연 명불허득(名不虛得)이었다.

"이곳을 내가 어떻게 알고 찾아 왔을꼬. 이는 하느님이 지시하심인가? 아니면 조상님이 돌보신 것인가? 무릉도원(武陵桃源) 신선 사는 곳이 있다더니, 무릉도원이 예 아니냐! 세상이 다 죽어도 우리 식구들은 살겠구나. 심신(心身)이 상쾌하니 산천(山川)도 아름답구나. 인심(人心)의 호부(好否)는 모르겠지만, 〈4〉산천이 후덕(厚德)한데 인심인들 범연(泛然)[14]하랴."

참판이 집을 사려고 하니 집값도 하도 싸서 태고(太古) 적 인심(人心)이라. 이사 처음 온 집이라고 이웃에서 밥도 해서 가져오고, 떡도 해서 가져오며, 산나물도 가져오고, 장(醬)도 많이 가져오니, 이런 후풍(厚風)은 처음 보네. 한달 두달 지내보니 다 좋은데, 무례한 게

---

11) 가장직물(家藏什物): 늘 집에 갖춰 두고 쓰는 온갖 물건.

12) 경보(輕寶): 가볍고 몸에 지니고 다니기에 쉬운 값진 보배.

13) 별유천지비인간(別有天地非人間): 따로 별천지가 있으니, 인간세상이 아니라는 뜻. 이태백의 시 〈답산중인(答山中人)〉에 나오는 시구임.

14) 범연(泛然): 차근차근한 맛이 없이 데면데면함을 이름.

병이로다. 무례(無禮)치가 아니하면 후한 맛이 이런 것인가. 피난
온 사람이 예절 찾고 범절(凡節) 찾고 된15) 처럭16)을 어이 하리.
입향순속(入鄕循俗)17) 풍속대로 내리구르고 치딩굴어18) 일합(一合)
되어 살자 한들 참판 지낸 된 마음을 억제하기 어렵구나. 마을 사람
들이 승지(承旨), 참판 무엇인지 이름도 모르면서 서가보 감투 쓴
걸 보고 '파총'19)이라 이름하더니, 늙은이도 서파총이라 부르고 젊
은 것도 서파총이라 부르고, 아이계집 내 말을 하려 하면 '서파초네'
라 하니 참판 맘은 어디 가고 파총인 듯싶더라.

그건 그러하거니와 제사를 지내려고 술을 조금 빚었더니 이웃
마누라가 보고, "제사가 어느 날이요?" 하기에 "내일 밤"이라 하였
더니 동네 사람이 저마다 톳나무를20) 지고 와서는 안마당에 화덕21)
놓고 멍석을 모아드려 왼 마당에 〈5〉깔아 놓고 앉은 놈에, 눕는
놈에, 부녀들은 모여 오되 술동이도 이고 오고, 메밀가루도 이고 오
고, 배추김치도 가지고 와서,

"이사 와서 농사도 못 지었을 텐데, 적(炙)거리가 없을 듯하여 메
밀가루를 가져왔소."

"기름이 없을 듯하여 기름 탕기나 가져왔소."

---

15) 된: 빡빡한. 체면을 유지하려는 모습.
16) 처럭: 충주 사투리로, "척"의 뜻이라 여겨짐.
17) 입향순속(入鄕循俗): 다른 지방에 들어가서는 그 지방의 풍속을 따름.
18) 치딩굴어: 원문은 "치궁구러". 함께 얽혀 구르다는 뜻.
19) 파총: 팟종. 파의 종. 다 자란 파의 윗머리에 달리는 망울.
20) 톳나무를: 원문 "톤남걸". 톳나무는 큰 나무라는 뜻.
21) 화덕: 원문 "황덕". 화덕은 쇠붙이나 흙으로 아궁이처럼 만들어 솥을 걸고 쓰게
    만든 물건을 말함.

"먼 데서 이사 와서 소댕22)이나 있겠소? 우리 소댕 가져왔소."

일변 부치기 짓는 이에, 술도 데우는 이에, 술동이를 내다놓고 쪽박을 띄워 놓고 적(炙)소댕을 굽는 대로 놓고 함포고복(含哺鼓腹) 먹으면서 산타령23)도 하는 놈에, 입장구24)도 치는 놈에, 장타령25)도 하는 놈에, 굿거리도 하는 놈에, 제사 지내는 집이냐고 별신(別神)판보다 더하더라. 자야(子夜) 밤26)을 당하여 행사를 하려고 출주(出主)27)를 하였더니 손가락으로 가르치며,

"이상한 걸 처음 보았네. 제사 연장이 있는 것을…. 우리는 그것도 모르고 연장 없이 지냈구나."

하더니 며칠 후에 동네 사람 제사라 하니, 화덕나무28) 할 수 없으

---

22) 소댕: 솥을 덮는 뚜껑.

23) 산타령: 서울을 중심으로 근교의 선소리꾼들이 부르던 선소리의 하나이다. 산타령은 본래 사당패 소리였으며, 산타령을 부르는 소리꾼은 서울 전역에 걸쳐 있었고, 정월 대보름날의 답교(踏橋) 놀이나 5월 단오날 같은 명절과 마을 잔칫날에 소리판을 벌였다.

24) 입장구: 입으로 장구치는 소리를 내는 일.

25) 장타령(場打令): 각설이타령, 품바타령이라고도 한다. 이 노래를 부르는 각설이는 조선 후기 유민(流民)의 일종이며, 일명 장타령꾼이라고도 하는데 주로 지방 장터를 찾아다니며 문 앞에서 구걸을 했기 때문에 붙여진 이름이다. 이들 조직은 규율과 서열이 엄격했으며, 소리 공부를 열심히 했기 때문에 노래 솜씨도 뛰어났다. 이들의 생태와 그 노랫말은 신재효(申在孝)의 〈박타령〉과 〈변강쇠타령〉에 전하는데, "뚤울 뚤울 돌아왔소 각설이라 먹서리라, 동서리를 짊어지고 뚤뚤 몰아 장타령"으로 시작되며, 그 뒤로는 각 고장의 장(場)의 이름을 그 지방의 내력·특징·고사 따위로 엮어나간다. 노래의 사설에는 천대받던 유랑집단의 애환이 배어 있으며, 사회 비판도 담겨 있다.

26) 자야(子夜)밤: 11시부터 1시 사이의 깊은 밤.

27) 출주(出主): 제사 때 신주를 모시어내는 일.

28) 화덕나무: 원문은 "황덕느모". 화덕나무는 화덕에 쓸 땔나무를 말함.

나 몸으로나 가서 갚을까 하였더니, 제사 지낼 사람이 와서 하는 말이,

"파총네, 제사 연장을 좀 빌려주시오."

"그것은 빌려가는 게 아니고, 또 빌려주지도 않는 것이오."

하니,

"여보, 이웃사 〈6〉촌이라는데, 땅 파면 닳는 쇠연장도 빌리는데 가만히 갖다 놓고 제사 지내는데 닳을 터이요? 이가 빠질 터이요? 그래서야 어찌 이웃에서 서로 믿고 산단 말이요? 그래, 참 못 주겠소? 참 못 주겠소?"

하는 소리에 간담이 서늘하여 말하였다.

"그러면 가져가기는 가져가도 부디 정(淨)히 하시오."

"그게야 부탁 아니해도 범연하겠소?"

참판이 신주를 건네주고 생각하니 마음이 편치 못하고 애연(哀然)하여,

"나는 어째 속이 아파 참사(參祀)를 못 하겠소."

신주(神主)을 얻어먹으러 보낸 것 같아서 간경(肝經)에 바람든 놈 같이 헛웃음을 금치 못하였다. 식전(食前)에 일찍 기다려도 늦도록 오지 아니하여 궁금하기에 가서,

"제사는 잘 지냈는가?"

하고 제사 연장 찾으러 왔다 하니,

"그렇지 않아도 가져가려 했는데, 저 건너 김 서방네 제사가 오늘 저녁이라고, '갖다주고 또 얻어오느니 내가 갖다 쓰고 내가 말할 것이니 달라.'고 하기에 주었으니 걱정 마소."

하더라. 생각하니 그 놈이 와 달란대도 하후하박(何厚何薄)[29) 안 줄 수가 없겠다 하고 있는데, 그 이튿날 늦게 가지고 와 하는 말이,

"어린 것들이 고것 묘하다고 달라고 트집을 하길래 잠깐 가지고 놀라고 주었더니, 〈7〉어떻게 하다가 모가지를 분질렀소. 어린 것을 때릴 수도 없고, 이웃의 최 서방이 손재주가 있어서 '내 고쳐주마.' 하고, '말편자 떨어진 것이 마침 내게 있다.'고 하고 그것을 그 머리에 대고 말대가리를 낫공상이[30)로 두드렸더니 오히려 더 튼튼해요."

하며 주독(主櫝)[31)을 제 손으로 속구고 신주를 내어들고,

"요것 보시오."

두 손으로 이리 제치고 저리 제치며 말하였다.

"여 좀 든든하오?"

기가 차서 아무 말도 못하고, 간 후에 신주를 정(淨)한 산에 갖다 매혼(埋魂)하고 그날 즉시 처자를 앞세우고 며칠 만에 결단재를 겨우 넘어 읍 근처를 당도하니 사고무친(四顧無親) 어이할꼬.

소향무처(所向無處)[32)러니 문득 생각하니 연전(年前)에 일가(一家) 대신(大臣) 집에 드나들던 권 서방이 사람이 얌전한데 수년을 보지 못하였더니, 그 사람의 집이 안동 감천(甘泉)[33)이라. 참판이

---

29) 하위하박(何厚何薄): 누구에겐 후하게 주고, 누군에겐 박하게 주겠는가.

30) 낫공상이: 낫공치. 낫의 슴베(낫이나 호미의 자루 속에 들어박히는 뾰족하고 긴 부분)가 휘어넘어가는 덜미의 두꺼운 부분.

31) 주독(主櫝): 신주를 모시어 두는 궤.

32) 소향무처(所向無處): 어디를 가든지 머무를 곳이 없음.

33) 감천(甘泉): 현재 경상북도 예천군 북동부에 있는 면임.

감천을 찾아가 보리라 하고 서울서 생장(生長)한 부인이 졸지에 도
보를 하니 매일 10리도 걷고 5리도 걸어 며칠 만에 감천을 찾아가
니 과연 그 사람이 있더라. 만나보고 손을 잡고 반겨하니 반가운
중에 거지(居址)[34]도 살 만하고 권 서방 가심[35]도 불빈(不貧)하더
라. 경보(輕寶)로 가진 물건 권 서방에게 〈8〉맡겼더니 가대(家垈)[36]
를 마련하여 동네에 함께 살더니 친형제처럼 의가 좋더라. 그럭저
럭 오뉴 년 사노라니 아들 모순의 나이 십육 세라. 권 재하(在下)[37]
로 더불어 앉아 자식 혼사를 걱정하니 재하 하는 말이,

"자제 혼인처를 구하시려면 서울로 올라가셔야지요. 이 시골에서
야 혼인을 말함 직한 집이 있겠습니까?"

"자식 혼인으로 말하자면 양반존걸취(兩班尊乞娶)하지 아니하
오[38]. 또 서울 규향(閨香)[39]을 얻으면 이 농촌 궁한 살림을 할 수
없으니 이곳 한미한 양반의 집 가문에 흠이나 없고 규향이나 똑똑
한 걸 원하오."

"그렇다면 저희 집 같은 곳도 혼인하겠습니까?"

"이것이 웬 말이요. 형댁 같은 이로 논하면 무엇을 더 취하오리까?"

"내 여식은 정부인(貞夫人)[40]이 보시는 바이니, 정부인 말씀이 어

---

34) 거지(居址): 집.
35) 가심: 가집(家什). 세간살이.
36) 가대(家垈): 집.
37) 재하(在下): 재하자(在下者). 나이 어린 사람을 이르는 말.
38) 양반존걸취(兩班尊乞娶)하지 아니하오: 양반은 자기보다 신분 높은 집에 장가를
   들지 않는다는 뜻.
39) 규향(閨香): 규수(閨秀).
40) 정부인(貞夫人): 조선 시대에, 정이품·종이품 문무관의 아내에게 주던 봉작. 숙부

떻다 하시더이까?"

"그야 욕심난다 하지만 빈곤한 사람이 상전(上典)같이 의탁하여 입은 덕이 많은데 무슨 염치로 혼인하잔 말을 할 수 있겠소. 말은 먼저 못하였으나 빈궁한 걸 혐의(嫌疑)치 아니하시고 따님을 주신다면 반가운 말을 어찌 다 측량하오리까."

"영감 맘이 그러시다면 곧 택일(擇日)하여 성례(成禮)하시지요."

〈9〉하고 택일하여 혼인을 하였다. 모순의 나이 18세에 성묘(省墓)도 하고 일가(一家)도 찾아보고 인아족척(姻婭族戚)41)을 다 찾아 인사하러 서울을 갔더니, 얼마 뒤에 소성(小成)42)한 방꾼43)이 내려오니 칭찬 않는 이가 없더라. 모순이 진사가 되어 얼마 뒤에 내려와 배정(拜呈)하니 기쁜 마음 측량이 없더라. 왕덕(王德)이 만국에 가득하니 국태민안(國泰民安)하니라.

하루는 진사가 부모께 여쭈었다.

"세상 사람이 다 영욕이 있지만 시골 사람이 되어 농촌에 묻혀 감농(監農)하기만 재미를 붙이면 농민 될 따름이옵고, 경성에 있어서 벼슬을 구해야 벼슬아치로 살 테지요. 벼슬을 힘써야 선조(先祖)의 내력을 잃지 않을 것이니, 가까이 있어야 돌아올 것이 있지요. 멀리 있으면 무슨 재주로 사근취원(捨近取遠)44)을 바라겠습니까?"

인의 위, 정경부인의 아래로, 고종 2년(1865)부터는 이품 종친의 아내에게도 주었다.

41) 인아족척(姻婭族戚): 사돈네 식구를 비롯한 친척들.

42) 소성(小成): 소과(小科) 가운데 초시(初試), 또는 종시(終試)에 합격함을 이름.

43) 방꾼: 조선 때 과거에 합격한 사람의 집에 소식을 전해주던 사령.

44) 사근취원(捨近取遠): 가까운 것을 버리고 먼 것을 취함. 손쉬운 일을 버리고 큰 계획을 세워 어려운 일을 성취하는 것을 이름.

참판이 말하였다.

"네 말이 옳구나. 그러므로 안안(旻旻)45)이 등천(登天)46)이로구나. 속담에 '더우면 물러나고 추우면 나아온다'고 했으니, 지난번엔 난리에 기겁을 해서 석가반나 같은 곳도 살았지만, 이제 태평시대에 어찌 하향(下鄕)의 농민이 되겠느냐. 아들을 위하여 삼천지교(三遷之敎)47)도 하는데, 어찌 내 몸 편하기만 취하며, 또 경성은 내 고향이라. 선영분산(先塋墳山)48)도 거기요 일가친척도 〈10〉거기 다 있는데, 이곳은 다만 네 처가뿐이니 달리 돌아설 곳도 없구나. 속히 떠날 채비를 하자."

참판이 사돈더러 말하였다.

"내가 피난 와서 천행(天幸)으로 군자를 만나 몇 해 태평하게 잘 보내었을 뿐 아니라, 며느리를 잘 보아서 세 식구가 내려와서 네 식구가 되어 올라가니, 피난은 극진이 하였노라."

참판이 가산을 모두 팔아 행장(行裝)을 차리고 길을 떠날 때에 동네 사람들을 한명 한명 찾아 작별하였다.

"내 이곳에 와서 사느라고 동네 친구들에게 신세 진 것을 어찌 다 측량하리오."

하고 처자를 데리고 며칠 만에 이백재49)를 올라서서 삼각산(三角

---

45) 안안(旻旻): 즐겁고 화평한 모습.
46) 미상.
47) 삼천지교(三遷之敎): 맹자가 어렸을 때 그의 어머니가 교육에 악영향을 주는 환경을 피하여 집을 세 번 옮겨서 맹자를 가르친 일.
48) 선영분산(先塋墳山): 조상의 묘.
49) 미상.

山)을 바라보고 나도 두 번 절을 하니 삼각산이 우뚝우뚝 서서 나를 보고 반기는 듯, 심천강(深川江), 송파강(松坡江)이 내가 온다고 기별하러 서울로 향하는 듯, 우리 임금 어진 덕을 강산도 조응(照應)하여 난리를 평정하니, 미욱한 이 내 몸도 천지신명 덕을 입어 생환고토(生還故土) 돌아오니 산천도 반갑도다. 성내에 들어가니 억만장안 의구(依舊)하니 어찌 아니 반가울까. 궐문 밖에 사배(四拜)하고 일가 친척 모두들 찾아보고 삼청동(三淸洞)에 집을 사고 살림살이 배설(排設)하니 일가들도 구제(救濟)하고 친구들도 구제(救濟)하니 살림살이 의구(依舊)하다. 그렁 〈11〉저렁 지내다가 참판 내외 연만(年晩)하여 세상을 떠난 후에 진사 내외뿐이로다.

그렁저렁 6년 초토(草土)50) 치르고 나니 초사(初仕)51)도 부득(不得)이라. 6년 초토 치른 후에 초사(初仕)는 해보려고 이리저리 청촉(請囑)할 제 임오년(壬午年)을 당했는데, 나라에서 국재(國財)가 진갈(盡渴)하여 군사 요(料)를 못 주어서 군요(軍擾)52)가 일어나니 이것도 큰 난리라. 육조아문(六曹衙門)을 두드려 없애라 하고, 양반이라 하는 것은 다 죽여 없애자 하니 살 가망이 전혀 없어 말 한 필을 사서 부담(負擔) 지워 부인을 집어 얹고 동대문을 얼른 나와 송파강

---

50) 초토(草土): 거적자리와 흙베개라는 뜻으로, 거상(居喪) 중임을 말함.

51) 초사(初仕): 처음으로 하는 벼슬.

52) 고종 19년(1882) 6월 9일에 구식 군대가 일으킨 임오군란(壬午軍亂)을 말함. 1881년의 군제 개혁으로 구식 군대에 대한 차별 대우가 심해지고, 이들에 대한 봉급미가 밀린 상황에서 지급된 봉급미가 말 수도 모자라고, 모래가 섞여 있어 먹을 수 없게 되자, 이에 격분한 구식 군인들이 일으킨 변란이다.

을 건너놓으니, 그제야 살 듯싶다. 오른손에 채찍 들고 왼손으로 고
삐 잡아 말을 달려가는 양은 말 탄 부인 기생 같고, 말 모는 진사
삿군 같다.

임오군란(壬午軍亂)

임오군란은 1882년 서울의 하급 군병과 빈민층이 일으킨 폭동이
다. 1882년 6월 5일 무위영 소속 구 훈련도감 군병들이 선혜청 도봉
소(都捧所)에서 겨와 모래가 섞인 쌀을 급료로 지급하려던 관리들을
구타한 사건으로부터 시작되었다. 이 사건은 처음에는 우발적이었으
나, 나중에는 홍선대원군의 지시를 받아 민씨 정권에 대항하면서 일
본 세력에 대한 배척 운동으로 확대되었다.

도봉소 사건이 선혜청 당상(堂上) 민겸호에게 보고되자 그는 즉
시 훈련도감 군병들 가운데 김춘영·유복만·정의길·강명준 등 4명을
주동자로 잡아들여 포도청에 가두었다. 이들이 사형당할 것이라는
소문이 돌면서 훈련도감 하급 군병이 많이 살고 있던 왕십리 지역을
중심으로 이들을 구출하기 위한 활동이 시작되었다.

왕십리는 하급 군병·빈민들이 주로 거주하는 곳으로, 잡혀간 군병
4명 가운데 3명이 왕십리 거주자였다. 하급 군병과 빈민들은 계층적
으로 일치했는데, 서울의 하급 군병은 대부분 서울의 빈민층 가운데
서 충당되었을 뿐 아니라 다른 빈민층과 마찬가지로 낮은 급료 때문
에 대부분 적은 자본으로 수공업·상업을 하거나 도시근교에 야채를
재배해서 팔거나 막노동에 종사하여 생계를 유지해야만 했다. 서울
의 빈민층은 도성 내의 빈촌이나 교외, 한강 연안 지역의 변두리 마

을 등에 촌락을 형성하고 집단적으로 거주했는데 왕십리도 그런 곳 중의 하나였다.

이들 빈민은 민씨 정권 아래 각종 수탈을 받았을 뿐 아니라 개항 이후 영세 수공업의 몰락, 미곡 수출로 말미암은 곡가 앙등 등으로 생계에 심각한 위협을 받고 있었다. 더욱이 하급 군병들은 5군영의 폐지로 일자리를 잃게 되었을 뿐 아니라 남아 있는 군병들도 별기군 (別技軍)에 비해 상대적으로 낮은 처우에 불만을 품었으며 13개월이나 급료가 지불되지 않자 불만은 한층 고조되었다. 결국 군병들의 거주지인 빈민 촌락에 통문이 돌려졌다.

통문의 내용은 무위영 소속 훈련도감 군병들은 6월 9일 아침 동별 영에 집합하라는 것이었다. 통문에 호응하여 모인 군병들은 먼저 무 위대장 이경하와 선혜청 당상 민겸호에게 붙잡아간 사람들을 풀어 달라는 등소(等疏)를 올렸다. 등소가 실패로 돌아가자 모인 군병들은 민겸호의 집에 불을 지르고 무력행사에 돌입했다. 동별영 창고를 열어 각종 무기를 꺼내 무장하고 무위영과 장어영의 다른 군병들을 소집했으며, 영세상인·수공업자 등도 군병에 가세했다. 이들은 포도 청을 습격해 붙잡혀간 사람들을 구출하고 의금부로 가서 죄수들을 풀어주었으며, 별기군 교련장을 습격하고 경기감영과 일본공사관을 습격했다. 시간이 갈수록 하급 군병·빈민들이 가세해 대규모의 세력을 형성했다. 10일에는 흥인군(興寅君) 이최응의 집을 습격·살해하고, 인현왕후를 공격하기 위해 창덕궁으로 몰려가 민겸호·김보현 등을 살해하고 인현왕후를 찾기 위해 사방을 수색했다. 사태를 수습할 능력을 잃은 고종은 대원군에게 정권을 넘겼다. 대원군은 곧바로 정 상적인 급료 지급을 약속하고 별기군을 폐지했으며 5군영 체제를 복 구시키는 등 사태 수습에 나섰다. 그후 폭동은 가라앉았으나 군병들은 소규모 부대를 이루어 활동을 계속했다.

대원군 정권이 들어서자 일본과 청국은 자신들의 이권을 지키기 위해 즉시 군대를 파견했다. 병력을 이끌고 서울에 온 일본 공사 하나부사 요시타다(花房義質)는 주모자 처벌, 피해보상, 개항 및 통상의 확대, 병력주둔을 비롯한 8개 조항을 요구했다. 대원군은 일본의 이러한 요구에 무력으로 대응할 방침을 세우고 마산포에 상륙 중인 청국 군에게 일본 군을 견제해줄 것을 요청했다. 서울에 들어온 청군은 대원군 정권과 일본 측을 중재하는 듯한 태도를 보이면서 대원군을 청국으로 납치해가는 한편, 군대를 몰아 서울 시내와 궁궐을 장악했다. 대원군 정권이 민씨 정권의 폭압과 외세의 침략을 막아줄 것을 기대했던 군병과 서울의 빈민들은 청군에 저항하여 무기를 들고 곳곳에서 소규모 전투를 전개했다. 청군은 대원군 세력을 체포·투옥하여 대원군 정권을 무너뜨리는 한편, 군병의 집단적 거주지인 왕십리와 이태원을 공격하여 저항 세력을 진압했다. 임오군란은 개항 이후 대규모로 전개된 최초의 반봉건·반외세 투쟁이었다.

<브리태니커 사전>

광주(廣州) 자고, 이천(利川) 자고 음죽53) 충주 단양 지나 죽령(竹嶺)재를 올라서서 동남(東南)으로 바라보니 온 데를 생각하면 안동 땅이 멀지 않다. 부인에게 이른 말이,

"우리 부모 병인년 난리를 당하여서 외자식 이 내 몸을 살리려고 이태령을 넘어서서 동쪽으로 가물가물 보이는 저 산 밑으로 주인

---

53) 음죽: 경기도 이천군 장호원읍·설성면 일대에 있던 옛 고을.

(主人)[54] 없이 가시더니, 우리 부모 적루지공(積累之功)으로 주인은 좋건만은 장인장모 돌아가셨으니 〈12〉처남들도 점점 멀고 부인에겐 동기라도 부모인정(父母人情) 같을 손가. 우리 부모 피난올 젠 자식 위해 고생터니 우린 아직 자식 없어 누굴 위해 피난인가. 모진 목숨 죽기 어려워 제 몸 위해 피난일세. 부부인정(夫婦人情) 언제나 범연(泛然)할까만은, 불원천리(不遠千里) 먼먼 길에 단 둘이서 길을 떠나 서로 믿고 오는 정은 정외인정(情外人情)이 간절하여, 둘 중에 누가 하나 없어지면 철천통심(徹天痛心) 못 살겠지.”

이같이 정담(情談)하고 그렁저렁 오는데, 풍기읍에 날 저물어 그곳에서 숙소(宿所)한다. 오륙백 리를 가리라 하고 떠나던 날 생각하니 망망(茫茫)하고 급한 마음 일각(一刻)이 여삼추(如三秋)라.

추야장(秋夜長) 추야장(秋夜長)하니 원객근가(遠客近家) 추야장(秋夜長)을, 추야장(秋夜長) 추야장(秋夜長) 다수불매(多愁不寐) 추야장(秋夜長)[55]이라. 그렁저렁 하다 가니 닭의 소리 신신(新新)하다. 주인 불러 말죽 대고 머리 빗고 망건 쓰니 자진달[56]이 쇠우친다[57]. 말 등에 집어 얹어 강거리[58]와 밀치끈[59]을 단단하게 졸라매고 부인을 말 위에 올려놓고 낙마(落馬)할까 염려하여 강진 해남 본목으

---

54) 주인(主人): 나그네나 식객(食客)을 머물게 해주는 사람.
55) 추야장(秋夜長) 추야장(秋夜長)하니~~: 길고긴 가을밤에 나그네의 외로움과 근심을 노래한 타령조의 가곡.
56) 자진달: 잦은달. 그믐달. 달이 찼다가 이지러져 작아진 모양을 이름.
57) 쇠우친다: 미상. “쇠하다”의 준말인 “쇠다”의 사투리가 아닌가 생각된다.
58) 강거리: 껑거리. 길마를 얹을 때에 소나 말의 궁둥이에 막대를 가로 대고, 그 두 끝에 줄을 매어 길마 뒷가지에 좌우로 잡아매게 된 물건.
59) 밀치끈: 말의 꼬리 밑을 둘러서 안장 뒤에 고정한 끈.

로 이리저리 얽어매어 염려 〈13〉없이 얽어매고 말을 몰고 썩 나서
니 소소추풍(蕭蕭秋風) 기러기는 어서 가자 재촉하고, 한 해 두 해
자진달 건널 새라고 자주 운다. 희미한 새벽달은 서산에 그저 있고
백설 같은 골안개는 사방에 아득하다. 졸지에 뒤 마려워 가는 말을
붙잡아 머무르게 하고, 논둑 밑에서 뒤를 보고 걷어올리고 나와보
니 사람 탄 말이 간 데 없다. 진사 주먹을 부릅쥐고 달음박질하여
쫓아가며 소리 질러 불러보니 대답소리 적적하다. 바삐 도로 돌아
와서 다른 길로 쫓아가며 죽을 힘을 다하여 불러도 대답소리 전혀
없다. 어느덧 날이 새니 멀리 가도 보련만은 이리 가도 볼 수 없고
저리 가도 자취 없다. 이리 와서 저리 가고, 저리 와서 이리 가고,
동서남북 네 거리에 두세 번을 곱배기치며·오는 사람마다 간곡히
물어보니 사람마다 다 모른단다. 이를 어찌 한단 말인가. 구곡간장
(九曲肝腸) 불이 일어 신체발부(身體髮膚) 다 타겠다. 찾다 찾다 진력
(盡力)하고 흉격(胸膈)이 꽉 막히어 땅에 털썩 물러앉아 대성통곡(大
聲痛哭) 절로 난다. 아내 죽어 울 량이면 어이 어이 울건마는, 망발
(妄發)인 줄 모 〈14〉르고서 애구 애구 울음 나온다. 어이 어이 우는
것은 예절(禮節)로 우는 게요, 애구 애구 우는 것은 절통(切痛)하여
우는 것이라. 오늘날 내 울음은 예(禮)로 울 까닭 없고 절통하여 우
노라니, 애구 소리 절로 난다.

　애구 애구 어찌할꼬. 애구 애구 어찌할꼬. 가는 사람이 무정하여
간단 말이 없이 갔나. 이 내 맘이 무심하여 가는 줄을 몰랐는가.
예절이 무엇인가. 예절 예절 예절타가 예절이 날 죽이네. 인적 없는
새벽밤에 두 내외 가다 서서 뒤를 볼 량이면, 말고삐를 손에 잡고

길에 앉아 누었더면 이런 변이 없을 것을. 아무리 너외라도 체모(體貌) 체통(體統) 그럴 수 없어 깊이깊이 들어가서 그윽한 데 뒤 보다가 이런 변을 당했구나.

이별 이별이야. 호지(胡地)의 모자이별(母子離別), 역로(驛路)의 형제이별(兄弟離別), 운수(雲樹)의 붕우이별(朋友離別)[60], 이별(離別)마다 슬프다 해도 "잘 가거라, 잘 있으오" 언제 온다 말을 하고 이별이지, 오늘날 우리 이별 하늘로 올라갔는지 땅으로 들어갔는지 싹도 없는 이별이니, 천고만고(千古萬古) 전후세(前後世)에 이런 이별 또 있는가. 죽어서 영이별(永離別)은 남들도 하는 게라. 죽어서 영장(永葬)하면 이같이 애달프며, 살아서 생이별(生離別)은 생초목(生草木)에 불 붙는다 하더라도 〈15〉가는 것을 보았으면 이다지도 섧지 않고, 가는 사람 불측(不測)하여 날 마다고 도망하면, 못보는 데 갔더라도 이렇게 설워하면 시러베아들 아닐쏘냐. 자기 발로 간 일 없고 말 못하는 말 등에다 결박하여 보냈으니 머물래도 말 못 듣고 지향(指向) 없이 달려가니 날을래도 얽어매어 날 수도 전혀 없어, 삼천리(三千里) 너른 땅에 어디로 갔는지 어찌 알까. 해남(海南) 천리(千里) 갔더라도 소식만 들으면 찾아가고, 의주(義州) 천리(千里) 갔더라도 소식만 듣는다면 불철주야(不撤晝夜) 찾아가지. 이리 갔나 저리 갔나. 살았는가 죽었는가. 오매(寤寐) 중에 정신 없다. 생장(生長)하던 감천 동네 지명을 알 터이니, 행객(行客)을 만나 모믈염치(冒沒廉

---

60) 운수(雲樹)의 붕우이별(朋友離別): 당나라 두보(杜甫)가 쓴 시 〈春日憶李白〉의 "渭北春天樹 江東日暮雲"에서 유래한 구절로, 운수(雲樹)는 친구 간에 이별한 후 서로 그리워하는 전거로 쓰인다.

恥)61) 감천 물어 말고삐를 끌어잡고 감천으로 찾아갔나. 감천이나 가보리라.

감천을 찾아가니 옛적에 보던 산천 봉봉곡곡(峰峰谷谷) 의구(依舊)하다. 처갓집을 바라보니 마음이 우둔우둔 걸음 걸을 기운 없다. 천행(天幸)으로 예 왔는가. 정신 없이 들어가니 처남들이 마주 나와서,

"울 매부 내려오네. 누이동생 잘 있는가."

아니온 게 확적(確的)하니 대성통곡(大聲痛哭) 절로 나니 금할 수가 전혀 없다. 처남들도 속 모르고 의심나서 또 묻는데,

〈16〉"누이, 그래 잘 있는가?"

흐느끼는 마음 진정하여 한숨 쉬고 말을 하되,

"자네 누이 죽었네."

"죽었다는 말이 웬 말인가."

일장통곡(一場痛哭)하다가

"그래 언제 죽었어?"

"지난 달 초닷새 날 죽었어. 즉시 선영(先塋) 제하에 장사지냈지."

저녁상을 받으니 중추(中樞) 막혀 못 먹겠으나 한 술 밥을 물에 풀어 겨우 먹고 목침 베고 누었으니, 묻는 말과 하는 말이 귀 밖의 바람이요 오매(寤寐)62) 마음 정신없다. 남은 모두 잠 자는데 개 소리가 컹컹 나니 말 자취를 듣고 짖나. 기별하러 사람 오나. 바삐 나가 동정(動靜) 보니 개가 공연이 날 속였네. 잠 한잠 못 이

---

61) 모몰염치(冒沒廉恥): 염치없는 줄 알면서도 이를 무릅쓰고 하다.
62) 오매(寤寐): 자나깨나 언제나.

루고 전전처연(輾轉凄然) 밤도 길다. 아침상을 물린 후에 무심한
체 나가서는 이 모퉁이 저 모퉁이 천연(天然)하게 거닐다가 못 보
는 데 나서서는 월옥(越獄)한 죄인같이 천방지축(天方地軸) 다니면
서 가는 사람 오는 사람 면면(面面)이 물어보아도 시원한 말 못
듣겠다. 우리 내외 의 좋은 걸 천지조물(天地造物) 시기하는가. 해
성야월(垓城夜月) 초패왕(楚覇王)은 우미인(虞美人)을 이별하고63),
마외춘풍(馬嵬春風) 당명황(唐明皇)은 양귀비(楊貴妃)를 이별하
고64), 오늘날 내 이별도 난리 만난 탓이로다. 청천(靑天)의 외기러
기 어쩌다가 짝을 잃고 멀고 멀리 〈17〉우짖어 사람 맘을 동(動)하
느냐. 녹수(綠樹) 외짝 원앙 배필 불러 슬피 우니 이 내 간장 다
녹는다. 이제는 할 수 없어 암행어사(暗行御史) 추종(騶從)같이 빌
어먹는 걸인(乞人)같이 촌촌(村村)이 다니면서 근포(跟捕)65)하여
찾으리라.

각설(却說)이라. 안개는 자욱하여 지척(咫尺)을 분별치 못하는데
부인 탄 말이 잠깐 머물다가 뚜덕뚜덕 걸어가니 말 위에서 치마를
덮어쓰고 무슨 의심 있을쏘냐. 치마나 안 썼으면 돌아다나 보겠지
만 치마를 덮어 쓰고 눈만 빼꼼 구멍을 두어 대통 구멍으로 내다보
듯 하니 오는지 가는지 모르고서 말이 간다. 할 말이 있더라도 가장
(家長)이 말 모는데 말하기도 미안하여, 며칠을 내려와도 마상(馬上)

---

63) 초패왕(楚覇王) 항우가 해하(垓下)에서 한나라 군대에 포위되었을 때 우미인과
    노래를 주고받고 최후를 맞은 사연을 말한다.
64) 마외(馬嵬)라는 곳에서 죽은 양귀비와 당 현종의 사랑을 노래한 백거이(白居易)의
    〈장한가(長恨歌)〉의 한 구절. 당명황(唐明皇)은 현종의 별호.
65) 근포(跟捕): 죄인을 찾아 쫓아가 잡음.

에선 문답(問答)이 없었기로 의심 없이 말 위에 치마를 쓰고 앉았더라. 얼마나 갔던지 마을 앞을 지나는데, 박 진사 노인이 사랑방에서 내다보니 웬 부인이 치마를 쓰고 말에 앉았는데, 말은 풀을 뜯어 먹느라고 잘 가지 아니하고 따르는 사람은 없더라. 생각건대 고이하여 말 오던 데를 멀리 바라보아도 오는 사람 없거늘 종년을 바삐 불러 분부하였다.

"네 저기 가서 어떤 부인이 혼자 말을 타고 가는가 물어보고 오너라."

〈18〉종이 나가 그대로 물으니 깜짝 놀라 치마를 벗어 제치고 사방을 살펴보니 낭군이 간 데 없다.

"웬 일인가. 진사님이 따라오시는 줄 알았더니 어디서 떨어지고 아니 오시나 알 수 없다. 웬 일인가. 다리 아파 쉬느라고 안 오시나. 신들메가 떨어져서 들메느라고 떨어졌나 알 수 없다. 웬 일인가. 여보게, 말고삐 좀 붙들어주게. 잡아맨 것 좀 끌러주게."

끌러놓고 말 붙드니 간신히 말에서 내려 이마 위에 손을 얹고 바라보고 기다려도 적적무인(寂寂無人) 아니 오네. 종이 말하되,

"우리댁 진사님께서 어디로 가시는 내행(內行)인가 알아보라 하시니, 어디로 가시나이까?"

"나는 서울 있더니, 안동 감천 권 생원댁이 친정인 고로 서울서 난을 만나 친정으로 내려오더니, 우리 진사님이 말뒤에 오시는데 새벽에 떠나오다가 뒤 본다고 하시더니, 오시는가 하였더니 오시는데 없으니 웬일인지 모르겠네. 진사님이라 하니 성씨가 누구신가?"

"박 진사댁이올시다."

종년이 들어가서 이대로 여쭈니 박 진사 깜짝 놀라 말하였다.

"네 또 가, 그러면 서 진사댁이냐고 여쭈어 보아라."

종이 다시 묻되,

"서 진사님댁 아 〈19〉 씨시니이까?"

"그러하네."

종이 들어와서, "그렇다 하나이다."

박 진사 바삐 안으로 들어가서 마누라더러 말하되,

"저기 말 타고 온 댁이 감천 풍산 권 생원의 따님이라. 내 친구의 딸이 아닌가. 데리고 들어오게."

마누라 나가서,

"서울 서 진사댁이라지요. 우리 양반이 댁 친정 어르신네와 좋은 사이라우. 어서 들어갑시다."

"그렇다시니 반갑소이다. 그러나 우리 서방님 오는 걸 보고 들어가겠습니다."

"사랑방에서 기다릴 터이니 염려 말고 다리 아픈데 들어갑시다."

들어가 사랑 모퉁이에 서서 말하되,

"제 친정 어른과 친하신 댁을 마침 왔으니 든든하외다만은, 제 가장(家長)이 어디서 떨어지고 따라오지 아니하니 답답하여이다."

"천리원정(千里遠程)에 두 내외 오시다가 잠시라도 못 따라오면 아니 그럴 수 있겠소. 염려 마시오. 내 예서 기다리오리다."

들어가 앉았으니 오매(寤寐) 마을 간절하다. 일모황혼(日暮黄昏) 어두워도 소식이 적적하니 미칠 듯한 이내 심장 어느 뉘가 안정(安定)할까. 낭군이 오셔야 안정 되지. 침침칠야(沈沈漆夜) 어두운 게

내 맘같이 깜깜하다. 박진사가 문 밖 〈20〉에서 위로하되,

"이곳은 아무 염려 없소. 혼자 밤중에 다녀도 아무 염려 없소. 필연 안개 속에 뒤 보다가 모르는 결에 말이 딴 길로 온 걸, 감천으로 가는 큰 길로 갔을까봐 바로 그 길로 쫓아갔을 것이니 도리어 거기서 큰 걱정이겠소. 여기선 아무 염려 마시오. 내일 내가 모셔다 드리리다."

"그 말씀을 들으니 그럴 듯싶어 맘을 좀 놓겠소."

그렇더라도 잠 한 잠 못 자고 장장추야(長長秋夜) 긴긴 밤을 뜬 눈으로 새우고 날 새기를 기다리더니, 금당실(金塘室)66)에서 식전(食前) 참에 하인이 왔는데, 박씨댁 종 종중(宗中) 일로 지급(至急)한 일이 있어 곧 바삐 오셔야겠다고 급한 편지 왔거늘, 박 진사가 말하였다.

"오늘 곧 내가 모시고 가려 하였더니 종사(從祀)에 급한 일이 있어 오늘은 갈 수 없으니 하루만 더 고생하시면 내일 일찍이 와서 모시고 갈 것이니 그리 아시게."

낭군 잃고 답답한 마음 일각(一刻)이 여삼추(如三秋)나 무슨 염치로 내 욕심만 생각하여 두 말을 어찌 할까. 답답하고 답답하다. 오늘 하루 지내기는 갈 날이 짧다고 한들, 날 지내고 밤 지내니 밤조차 짧겠느냐. 적적추야(寂寂秋夜) 긴긴 밤을 여관한등(旅館寒燈)67) 〈21〉어이 새울까? 그렁저렁 수심(愁心)으로 날 저물어 황혼(黃昏)

---

66) 금당실(金塘室): 경북 예천군(醴泉郡) 용문면에 소재한 마을.
67) 여관한등(旅館寒燈): 나그네가 밤 늦도록 차가운 여관에서 불을 켜놓고 홀로 밤을 새우는 모습.

이 되었구나.

오줌 소피(所避)하려 하니 남의 집에 오줌 누기 만만치 아니하여 후면(後面)으로 들어가서 김치광 뒤에 앉았는데, 주인 젊은이가 자기 어머니를 은근이 불러 가지고 비밀스레 말하려고 김치광 앞에서 말하는데, 숨도 크게 못 쉬고 숨었으니 다른 말이 아니었다.

"이웃집에 홀아비 김 서방이 하는 말이 '자네 집에 온 마누라가 오다가 사내를 잃었다지? 살았으면 밤낮 이틀이나 무엇 하고 아니 오겠나. 죽었지, 죽었어. 그 계집을 내게 인권(引勸)하여 주게. 그리하면 그저 하라는 것이 아닐세. 문앞 들 자네 논 곁에 논 닷 마지기를 아주 줌세. 자네 자당(慈堂)과 의논하여 모쪼록 되게 해보게.' 하니 실상 제 사내와 살았어도 제 발로 온 것을 무슨 일이 있겠소?"

어미 왈,

"애, 그 논은 욕심난다마는 그리 했다가 너희 아버지 성품에 괜찮겠느냐?"

"아버지가 집에 계시면 못하겠지만, 그리한 후에 오시면 걱정은 하실망정 징이파지(懲而罷之)[68]지요. 저지른 일을 어찌 하겠소."

"그러면 그리 해보자. 내 건넌방에 데리고 가서 이슥하도록 같이 〈22〉놀며 술을 권하여 취하여 잠들거든 불 끄고 나올 테니, 승간(乘間)하여 홀아비를 들여보내면 안되겠느냐?"

"예, 그리합시다."

하고 나가거늘, 이처럼 꾀하는 걸 듣고,

---

68) 징이파지(懲而罷之): 한번 혼나고 나면 그만이라는 뜻.

'네 꾀를 내가 앗아 오리라. 불쌍하다 박진사여, 처자를 못 두어서 은변위수(恩變爲讐)69) 되리로다.'

하고 정신이 아뜩하고 몸이 떨려 어찌할 줄 모르다가 한 꾀가 생각난다.

'그러나 세상 일이 한심하다. 진사 어른 같을진댄 나를 구완하신 은혜 백골난망(白骨難忘)인 것을. 진사 어른 생각하자면 내 몸이 죽어 누를 끼치지 않는 것이 옳건만은. 잠시 은혜를 생각하여 우리 진사에 평생 한을 끼칠 터이니, 잠시 입은 은혜 곧 나의 원수 될 줄 어이 알리. 가련하고 한심하다. 조물(造物)이 시기(猜忌)하니 은혜 변해 원수 된다. 박 진사가 계셨으면 은변위수(恩變爲讐) 아니될 것을. 일락장사추색원(日落長沙秋色遠)하니 부지하처갱봉군(不知何處更逢君)가70). 어제 새벽 낭군 죽고 오늘 밤에 나 죽으면 둘의 혼이 만나련만, 낭군 살았는데 나 죽으면 낭군 신세 가련하지. 낭군이 죽었으면 나도 이제 죽는 것이 괜찮지만, 낭군이 살았는지 모르고서 내 몸이 죽으면 생전(生前) 포한(抱恨) 심하리니 생사(生死) 여부(與否) 알 ⟨23⟩아보고 죽었으면 죽더라도 좋으리라.'

노파가 음해(陰害)할 꾀를 시작한다.

"여러 날 행로(行路)에 곤핍(困乏)하신데 조용한 방에 가서 편히 잡시다."

---

69) 은변위수(恩變爲讐): 은혜가 변하여 원수가 된다는 뜻.

70) 일락장사추색원(日落長沙秋色遠) 부지하처갱봉군(不知何處更逢君): 해가 진 장사 지방 가을빛이 먼데, 그대 다시 만나볼 곳 그 어딘가? 이백(李白)의 시 ⟨유동정(遊洞庭)⟩의 한 구절.

"그리 하십시다."

따라 나가니 며느리를 불러 술 좀 가져오라 하니 "예" 하더니 목반(木盤)에 안주 놓고 대접 놓고 큼직한 술병을 내다 놓거늘, 우선 한 대접 그득 부어주며 말하였다.

"근심되고 속 타는데 술이나 잡수시고 근심을 잊으시오."

"예, 심회(心懷)가 나 술 생각이 간절하더니 어르신네가 제 맘을 맞추어 술을 주시니 많이 먹겠습니다."

하고 따른 술을 도로 술병에 붓고 흔들흔들 흔들어서 한 대접을 그득 부어 주었다.

"어르신네 먼저 잡숴야지 저도 먹지요."

노파가 술 한 대접을 한숨에 다 마시니, 돌아앉아 거짓 부어 마시는 체하고 또 부어서 노파 주고, 거짓 부어 먹는 것처럼 하면서 여러 잔을 먹여놓으니, 노파가 덜미 눌러71) 말을 하였다.

"인생이 잠깐인데 수절(守節)인지 정절(貞節)인지 다 쓸 데 없지. 팔자가 글렀으면 고치는 게 제일이지. 앞집에 김 홀아비 사람도 무던하고 형세도 오붓하지. 아무라도 같이 살면 복 있지."

권씨 부인이 속말로, "그년의 더러운 입을 술잔으로 막겠다." 하고 그저 부어주어 먹이고 〈24〉부어주어 꿀떡 술 한 병을 다 먹이니 노파가 툭 넘어져 혼몽천지(昏懜天地) 되었다. 부인이 등잔불을 훅 끄고서 뒷곁에 개구멍을 보아 두었다가 복지(伏地)하여 **빠져나와** 천방지축(天方地軸) 달아난다.

---

71) 덜미 눌러: 목덜미를 누르듯이 몹시 재촉하거나 몰아세우며.

"옛적에 사씨(謝氏)는 교녀(喬女) 동생 흉계(凶計)를 피하려고 야반도망(夜半逃亡) 남정(南征)하고[72], 유충렬(劉忠烈)의 어머니는 정한담의 해를 입어 수채 구멍으로 빠져나가 남천(南天)을 바라보고 지향 없이 도망하더니[73] 오늘 나는 무슨 죄로 개구멍으로 빠져나와 갈 데를 알지 못해. 나도 또한 남녘으로 가리로다. 우습고 우습도다! 고생 중에도 우습구나. 박 진사의 마누라야, 못할 흉계 꾸미다가 망신실체면(亡身失體面)할 손가. 우습고도 우습도다. 박 진사의 아들이여, 불의재물(不義財物) 취하다가 의붓아비 보리로다. 남에게 실행(失行) 시키려다 제 실행(失行)을 하리로다."

권씨 부인이 지향(指向) 없이 가노라니 원촌(遠村)에 닭 울더니 날이 장차 밝아온다. 밝은 날에 내 모양을 내가 보니 슬픈 중에 우습구나. 도깨빈지 망둥인지 도깨비라도 마병도깨비[74]로구나. 기잔(氣殘)하고 다리 아파 갈 수가 전혀 없어 조그마한 집이 길가에 있거늘, 저 집에 들어가서 숭늉이나 얻어 마시고 감천 〈25〉가는 길이나 물어보리라 생각하고, 사리문 밖에서 들여다본다. 커다란 총각 아이 나무를 뚝뚝 패다가 홀금홀금 보거늘, 마음에 좋지 않아 돌아서서 가는데,

"어머니, 어머니"

급히 불러하는 말이,

---

72) 김만중의 〈사씨남정기〉에서 사씨 부인이 교씨의 흉계를 피해 남쪽으로 피신한 일을 일컬음.

73) 고소설 〈유충렬전〉에서 유충렬의 어머니가 간신 정한담의 흉계를 피해 남쪽으로 피신한 일을 일컬음.

74) 마병도깨비: 누추하고 볼품없는 도깨비.

"저기 서울 아씨 지나가요."

늙은 노파 하는 말이

"미친 놈의 소리 한다. 서울 아씨가 어찌 걸어서 오시겠느냐?"

"아니요. 나가보소."

할미가 나오더니 달려들며 붙들면서,

"아씨님, 웬 일이요? 저 모양이 웬 일이요?"

하는데, 보니 친정 종할미라.

"어멈, 어찌 여기 있나. 반갑기도 그지없고. 인제는 살았구나."

"어여 들어가십시다."

총각놈이 쫓아나와 인사를 드리었다.

"네가 그 사이에 이렇게 컸느냐? 몰라보겠구나."

"아기씨님, 웬 일이시오."

"오냐, 차차 이야기하마. 감천 집이 여기서 얼마나 되느냐?"

"얼마 안 되야요."

"그 사이에 댁은 다 무고하시냐?"

"예, 무고하지라우."

우선 더운 국과 밥을 차례로 내어오거늘 조금 먹고 말하였다.

"진사님 오셨는지 모르느냐?"

"몰라요. 듣지 못했어요."

그 소리에 가슴이 덜컥 내려앉는 것 같아 대강 말하니, 두 사람도
깜짝 놀라 말하였다.

"아, 거 딱해라. 어여 아래 마을로 들어가서 가마와 조군[75] 하나
얻어 오너라."

권씨 부인 가마 타고 집으로 온다. 종할미 앞에 먼저 〈26〉들어가 서울 아씨 오시는 일을 말하니 죽었던 사람이 살아온다 하니 반가운 중에, '우리도 속았으니 저희도 속여보리라.' 하고 진사 왔다는 말을 일절 말라 단속하고 가마를 맞았다. 권씨 부인이 가마 문을 열고 나와 다른 인사 없이 말을 한다.

"서 진사 왔소?"

"아니, 왜 어쩐 일로 저 모양을 해가지고 와서 서 진사 왔느냐는 말이 웬 말이여?"

부인이 땅을 두드리며 통곡하거늘 오래비들은 먼저 요량이 있는 고로 웃음을 겨우 참으며 말하였다.

"진사는 어떻게 하고서 여기 와서 물어?"

부인이 울음을 다 참지 못하고 훌쩍훌쩍하면서 말하였다.

"그년의 난리(亂離)인가 군요(軍擾)인가 나서 피난 가자고 세간 그릇 다 내버리고 말 한 마리 사서 부담 지워 날 태우고 손수 말 몰고 풍기읍에 와 자고, 새벽에 떠나오다가 뒤 본다고 하더니, 안개는 자옥한데 말이 가니 나는 뒤에 따라오는 줄 알았지. 뉘가 알아, 어딘지. 박 진사가 사랑에서 보니 말 뒤에 따르는 사람이 없고 말은 풀을 뜯어 먹느라고 가지 아니하니까 종년을 내보내어 묻길래, 서울서 진사댁인데 감천 친정에 오는 길에 진사님이 어디서 떨어졌는지 모르겠다고 했지. 그러니 다시 나와 묻되, 친정이 어떤 댁이냐 하길래 풍산 권 생원 댁이라 하니, 진사의 댁 〈27〉이 나와서 하는 말이,

---

75) 조군: 가마꾼.

우리 진사님이 댁 친정 어르신네와 친한 사이라 하고 들어가자 하데. 들어가니 진사가 문밖에서 말하되, 내일 내가 데려다 주마 하더니 급한 볼 일이 있어 어디를 가며 내일 와서 데려다 주마 하데. 할 수 없어 그 집에서 묵었더니, 어두울 제 오줌 누러 뒷곁에 김치광 뒤에 앉았는데, 진사 마누라와 아들이 나 거기 있는 줄 모르고서 김치광 앞에서 공론하는 거야. 그 앞집의 홀아비가 들어온 계집을 유인해주면 논 닷 마지기를 준다는 말에, 건넌방에 데리고 가 술을 먹여 취하게 하고 홀아비를 들게 하자 하기에 나는 돌아앉아 먹는 체하고 그 늙은이만 권하여 취해 고꾸라졌어. 나는 개구멍으로 도망하여 천방지축 향배 없이 오다가 날이 새는데, 배 고프고 다리 아파 숭늉이나 얻어 먹으려고 들어가니 어멈네 집이야. 그래서 나는 살아 왔는데, 아이고 아이고 어찌 하나. 아이고 아이고 어찌 하나.”

“딱한 일이다만은 그쪽 신수팔자(身數八字)를 그리 운들 살아오겠니? 송구(悚懼)하다. 그만 그쳐. 죽었지. 죽었길래 아니 오지. 딱하다.”

그렁저렁 날이 저물어서 진사가 후줄근한 모습으로 들어왔다.

“매부는 무슨 볼 일이 있어서 다녀왔나?”

“앉아 있으면 갑갑해서 〈28〉두루 바람 쏘였지.”

“매부가 혼거(混居)하여 저붓저붓하는 꼴이 보기 싫어 장가를 속히 들여야겠는데….”

둘째 사람이 곁에 있다 말하였다.

“형님, 좋은 수가 있소.”

“무언 수?”

"이웃에 가니 과부 얌전도 하고 재주도 좋고 먹을 것도 족한데, 좋겠소."

"말을 듣겠니?"

"말로 해서는 안 되지요."

"그러면 어떻게 하니?"

"오늘밤에 바느질 해달라고 청해서 건넌방에 앉히고, 하다가 술이나 먹여 잠들거든 집 사람들은 불을 끄고 나오고, 매부를 들여보내어 잠자게 하면 그만이지요."

"얘, 그 꾀 좋다. 그리 하자."

진사가 말하였다.

"내 아내 죽은 지가 얼마나 되었다고. 정념(情念)에 못 하겠네."

"아따, 열녀(烈女) 말은 들었어도 정남(貞男) 말은 못 들었네. 아무 말도 말고 우리 하라는 대로 하게."

안팎 없이 짠 일이라 안에서 하는 말이,

"시누님이 심난한데 어린 것들 뒤숭숭하여 괴로울 텐데 저 방으로 가세. 건넌방에 가서 이말 저말 하면서 이슥하도록 위로하여 말하다가 편히 쉬게, 편히 쉬게. 독수공방(獨守空房) 편히 쉬게."

하고 안으로 들어간다. 처남들이 소매 잡고 들어가서,

"술 취하여 잠들었다네. 어서 바삐 들어가세."

"나는 차마 못 하겠네."

"이것이 웬 말인가. 이런 자리 놓치면 얼마나 구하기가 어려운데. 천녀불취(薦女不取)[76) 웬 일인가. 고진감래(苦盡甘來) 마다하면 오류평생(誤謬平生)[77) 할 수 없지."

 손을 끌거니 등을 밀거니 하며 뒷문 밖에 다다라서 억지로 들여
보낸다. 잠시 뒤에 풍파(風波) 나서 벽력(霹靂) 같은 소리가 나온다.

 "오라버니, 오라버니. 어떤 놈이 들어왔소. 오라버니, 오라버니,
오라버니, 어디 갔소?"

 첫소리엔 놀랍더니, 재삼(再三) 소리 지르는데 아내 목소리 적실
(的實)하다.

 "이것이 뉘, 뉘 목소리여, 이것이 뉘 목 〈29〉소리여?"

 하는 말이 부인 귀에 익은 음성이니, 죽을 때라도 잊을쏜가. 처남
들이 기다리고 있다가 왈칵 달려들며 말하였다.

 "어떤 놈이 들어왔어? 난장(亂杖) 몽둥이 어디 갔나? 주리 방망이
어디 갔나? 그 놈 튀어 갈라. 문 눌러라. 지겟고리78) 어디 있니?
어여 바삐 끌러 오너라. 지름공이 동이듯 동여매라. 당(唐) 성냥 어
디 있니? 불 바삐 켜보아라."

 불 켜서 던져 놓고 빼꼼이 데려다보고,

 "이 놈이 서울놈 아니냐?"

 손뼉치고 깔깔 웃으며,

 "허리가 약하니 부러질까 염려된다."

 진사 내외 하는 말이,

 "몽중(夢中)인가 취중(醉中)인가. 꿈이걸랑 깨지 말고 취중이면

---

76) 천녀불취(薦女不取): 천녀(薦女)는 잠자리에 같이 자도록 바쳐진 여자로, 여자를
 취하지 않음.

77) 오류평생(誤謬平生): 평생을 그르침.

78) 지겟고리: 물지게 따위에서 지게의 양쪽 팔 끝에 달아맨 고리. 물통이나 그 밖의
 물건을 걸기 위한 것이다.

백년 삼만육천일에 일일수경삼백배(日日須傾三百杯)하여 장취불성
(長醉不醒)79) 깨지 마세."

처남들이 춤을 추며,

"얼사절사 좋을시고. 죽었다던 누이를 보니 이내 집의 경사(慶事)
로다. 얼사절사 좋을시고. 잃은 아내 만난 사람 이런 경사 또 있는
가. 일어나서 춤 추어라. 잃은 낭군 만난 사람 이런 경사 또 있는가.
일어나서 춤 추어라. 얼사절사 좋을시고. 세 경사를 한 데 모아 춤
안추고 무얼 할까. 얼사절사 좋을시고." (끝)

---

79) 일일수경삼백배(日日須傾三百杯) 장취불성(長醉不醒): 날마다 삼백 잔씩 술을 마
셔 잔뜩 취하여 깨지 마세. 이백(李白)의 시 <양양가(襄陽歌)>의 한 구절.

〈서진사전〉 원문 입력자료

일러두기

1. 작품 원문을 그대로 입력하였으되 띄어쓰기와 문단 나누기를 하였으며, 문장부호를 사용하였다.
2. 〈　〉부호를 이용하여 원문의 장이 나뉘는 곳을 표시하였다.

〈서진사전〉 원문 입력자료

〈1〉

셔진사젼

광무 삼년 병인 츄의 양국 비가 광희의 디여거널 기왕언 타국 사람이 셔로 통셥지 못ᄒᆞᄂᆞᆫ 고로 타국인형도 본 니 읍고 화륜션이 무엇신지 모르던 차의 산쩌미 갓튼 비의 쌍화통이 츙쳔ᄒᆞ니 보고 ᄒᆞᄂᆞᆫ 말이, "쌍돗디빅이 비"라 ᄒᆞ더라.

디원군 호협지긔로 국사을 쥬장ᄒᆞ니 빅셩의 소동을 싱각지 아니ᄒᆞ고 격셔을 보니여 여부을 아러보지 아니ᄒᆞ고 군사를 촌발할 제 훈련쳥 군사 오쳔칠빅일혼두 명 무의영 군ᄉᆞ 삼쳔여 명과 금의영 군ᄉᆞ 슈쳔여 명과 각부 군ᄉᆞ 만유여 명을 총찰ᄒᆞ야 광희로 보닐 젹의 니경하로 디장을 삼고 어지연으로 부장을 삼어 ᄎᆞ례로 소임을 증하여 광희로 보니고 각도 각읍의 관자ᄒᆞ야 포슈을 쏘바 올닐 졔 부모형제 쳐자 권속이 거리거리 ᄂᆞ와 영결노 알고 이별홀 졔, 가는 니도 통곡ᄒᆞ고 보니넌 니도 통곡ᄒᆞ니 곡셩이 진동ᄒᆞ야 쳔지가 요란ᄒᆞ더라.

〈2〉

그 중의 소호군을 일〃이 쏘바 증구ᄒ니 일국인민니 죽 쓸 듯 물 쓸듯 ᄒ니 어너 뉘가 동심치 안니ᄒ리요. 억망장안의 팔만 가구가 안 니동ᄒᄂ 니가 읍셔 장마물의 쇠비 밀니듯 ᄒ니 사방팔 문의 문니 좁아 나갈 슈가 읍셔 가미를 노코 분ᄃ기치다가 어영지 간의 가미가 박퀸 줄 모로고 메고 ᄀ셔 보니 졔 안익ᄂ 안니요 아 도 보도 못ᄒ던 여인이 박귀여 오기도 ᄒ고, 졀문 부녀넌 어더 가 고 귀산 다 된 늘근 니가 안젓시니 이 늘근 니를 어이할가. 산지사 방 다러난데 어더 가셔 어미 차지며 어디 가셔 안니 차질가. 그런 져런 날리로다.

화긔동 사ᄂ 셔가보가 일직이 과가ᄒ야 참판거지〃 니고 무임으 로 치산졔가ᄒ니 늣기 아덜 한아을 두어 노비 죡속은 만으나 신겸처 자 삼구애라.

"니가 일직이 임군을 셤기다가 난세을 당ᄒ야 국가을 돕지 안니 ᄒ고 피란가ᄂ 일이 올치 안니ᄒᄂ, 본더 지모도 읍고 용녁도 읍시 니 졍진무용이 비효애라 ᄒ니 공연니 진즁의 죽어도 소용읍고 쳐 ᄌ를 부탁

〈3〉

ᄒ야 보닐 데 읍셔 쳐ᄌ식을 구완치 못ᄒ야 졀사ᄒ면 도로혀 조상 의 득죄가 되깃시니 피란 가ᄂ 거시 가ᄒ다."

ᄒ고 감녹을 보니 나라의셔 안동으로 파천을 ᄒ신다 ᄒ니 시아리 건더,

'이번 난의 파천을 ᄒ실가 시부니 미리 안동쌍의 ᄂ려가 잇다가 만일 파천하시거던 딕가을 마져 시위ᄒ리라.'

ᄒ고 노속 등을 불너 분부ᄒ되,

"가장직물은 너의 등을 쥬넌게미 만일 평난리 되거던 고로 노나 가지라. 나ᄂ 철니원정의 낙향ᄒᄂ 사람이라 속이 올나올 가망 읍다."

ᄒ고 멋천 금 직물을 경보로 진니고 사당을 부인 탄 가미의 뫼시고 안동으로 ᄂ려가셔 드른 즉 셕기반나라 ᄒᄂ 데가 티빅산 속으로 을마ᄂ 므러가면 별유천지비인간이라 ᄒ기로 그 곳즐 차져가니 과연 명불허득이라.

"이곳의을 웃지 알고 차져 왓너. 하ᄂ님이 지시ᄒ심인가. 조상이 돌보셧너가. 무릉도원 신션곳지 잇다던니, 무릉도원 예 안나냐. 세상이 다 죽어도 우리 소솔 살깃도다. 심신이 상쾌ᄒ여 산쳔니 아름답다. 인심호부ᄂ 모로거니와

〈4〉

산쳔이 후덕ᄒᄂ데 인심인덜 범연ᄒ랴. 집을 사랴 ᄒ니 집갑도 지헐ᄒ야 태고쩍 인심이라. 이ᄉ 츰 온 집이라고 밥도 ᄒᆡ셔 가져오고, 쩍도 ᄒᆡ셔 가져오며, 산나물도 가져오고, 장도 만니 가져오니, 이런 후풍 츰 보깃네. 한달 두달 지너보니 무례한 게 병이로다. 무례치가 안니ᄒ면 후한 맛시 일얼손가. 피란ᄒ랴고 온 스람이 예졀 찻고 범졀 찻고 된 쳐력을 엇지 할가. 입향순속 풍속디로 너리 굴고 치궁구러 일합되야 스자 한덜 참판 지닌 된 마음을 억졔ᄒ기 어렵도다. 승지 참판 무엇신지 일음도 모로고셔 감투 씬 걸 보고 파총이라 이

름후야 늘근이도 셔파총이라 부르고 졀무니도 셔파총이라 부르고
아회기집 늬 말을 후라면 셔파초네라 후니 참판 맘은 어듸 가고 파
총인 덧 십더라.

그건 그러후거니와 제수을 지나랴고 술을 조곰 비겨서더니 이웃
마누리가 보고 졔수가 어너 날이야 후기의 늬일 밤이라 후얏던니
동늬 사람의 져″마다 톤남걸 지고 와셔 안마당의 황덕 노코 멍석을
모와 드려 왼 마당의

〈5〉

쌀아 노코 안진 놈의 눕는 놈의 부녀덜은 모야오되 술동의도 이고
오고 메밀가루 이고 오고, 비차 짐치도 가지고 와셔,

"이스 와셔 농수도 못후여서 젹거리가 읍실 듯후야 메밀갈를 가져
왓소."

"질음이 읍실 듯후야 질음 탕기나 가져왓소."

"믄 데서 이사 와셔 소딩이나 잇깃소? 일 소딩 가져왓소."

일변 붓치기 짓넌 늬예, 술도 데우넌 늬예, 술동의을 늬다노코 족
박을 씌워 녹코 젹소딩을 굽는 듸로 노코 함포고복 먹으면서 산타령
도 후는 놈의 입 장귀도 치는 놈의 장타령도 후는 놈의 굿거리도
후는 놈의, 지사 지니는 집이냐고 별신판보다 더후더라. 자야밤을
당후야 힝사를 후랴 후고 츌쥬를 후얏더니 손고락으로 가르치며,

"이상한 걸 첨 보왓다. 제 연장이 인넌 거설 우리는 연장 읍시 지
넛고ᄂ."

후더니 멧칠 후의 동네 사람 졔수라 한덜 황덕느모 할 슈 업시ᄂ

몸으로ᄂ 가셔 갑풀가 ᄒ얏더니 졔 지닐 사람이 와셔 ᄒ넌 말이,

"파춍네, 졔 연장을 좀 빌리시오."

"그거션 빌어가도 안넌게요, 빌니지도 안넌 거시라."

ᄒ니

"여보 이웃사

〈6〉

촌이라니 쌍 파면 달넌 쇠연장도 빌리넌데 가마니 갓다 노코 졔 지닌넌데 달을 터이요? 이가 싸질 터이요? 그리셔야 웃지 이웃의셔 〃로 밋고 산단 말이요? 그리, 참 못 쥬깃소? 참 못 쥬깃소?"

소리가 간담이 셔늘ᄒ야셔,

"그리면 가져가기는 가져가도 부디 졍이 ᄒ시오."

"그게야 부탁 안인덜 범연ᄒ깃소?"

쥬고 싱각ᄒ니 미안ᄒ고 이영ᄒ여,

"나는 웃지 속이 압퍼 참사를 못ᄒ깃소."

신쥬을 어더 먹으러 보닌 거 갓터셔 간경의 바람든 놈 갓치 헛우슘을 금치 못할너라. 식젼의 일직 지다려도 늣도로 오지 안니커널 궁금ᄒ기로 가셔.

"졔사ᄂ 잘 지닌가?"

ᄒ고 졔사 연장 차지러 왓다 ᄒ니,

"그럿치 안니면 가져갓지만은 져 근너 짐셔방네 졔ᄉ가 오놀 져녁 이라고 갓다쥬고 쏘 으더오넌니 닛 갓다씨고 니가 말할 거시니 달나구ᄒ기로 쥬엇시니 걱졍마소."

ᄒ더라. 싱각건디 그 놈이 와 달난디도 ᄒ위ᄒ박 안줄 수가 읍깃다 ᄒ고 잇더니, 그 잇든날 늣진 후의 가지고 와 ᄒ는 말이

"어린 것덜이 고것 묘한 걸 보고 달라고 트집을 ᄒ길니 잠간 가져 놀라고 쥬엇더니

〈7〉

웃덕케 ᄒ다가 모가지를 분질럿소. 어린 거설 쩌리익가. 이웃의 최서방이 손지조가 잇셔셔 니 곤쳐주마고 말편자 쩌러진 거시 맛츔니게 잇다ᄒ고 그거셜 그 머리로 디고 말더갈릴 낫공상이로 쑤드리더니 오이려 더 튼〃히요."

ᄒ며 쥬독을 졔 손으로 속구고 신쥬을 니여 들고,

"요것 보시소."

두 손으로 이리 직키고 져리 직키며,

"여 좀 든〃ᄒ오?"

긔가 차셔 아모 말도 못ᄒ고 간 후의 정한 산의 갓다 미혼ᄒ고 그날 즉시 처즈를 압셰우고 몃칠 만의 결단지을 겨우 너머 읍 근쳐을 당도ᄒ니 사고무친 어이할고.

소항무쳐러니 문득 싱각ᄒ니 연젼의 일가 디신 집의 다닌난 권셔방이 사람이 얌젼한데 수년을 보지 못ᄒ엿던이 그 사람의 집이 안동 감쳔이라 ᄒ더니 감쳔을 차져가 보리라 ᄒ고 서울셔 싱장한 부인이 졸지의 도보을 ᄒ니 미일 십니도 굿고 오리도 걸어 몃칠만의 감쳔을 차져 가니 과연 그 사람이 잇넌데, 만니보고 손을 잡고 반겨ᄒ니 반가운 중의 거지도 살 만ᄒ고 권셔방 가산도 불빈ᄒ더라. 경보로

가진 물건 권서방을

〈8〉

 밋겻더니 가더을 마련ᄒ여 동니거싱ᄒ니 의약형졔라. 그렁져렁
오뉵년 사노난니 아덜 모슌의 나히 십뉵셰라. 권지하로 더부러 안져
자식 혼사을 걱정ᄒ니 지하 〃는 말이
 "자졔 혼닌을 구ᄒ랴면 서울을 올나가셔야지요. 이 시골셔야 혼
인 말함직한 집이 잇심년잇가."
 "자식 혼인으로 논지즉 양반존걸취ᄒ지 아니ᄒ노라. ᄯᅩ 서울 규
향을 취ᄒ면 이 농촌 궁한 살님을 할 슈 읍시니 이곳 한미한 양반의
집 가문의 흠이ᄂ 읍고 쥬향이나 ᄯᅩ〃한 걸 원ᄒ노라."
 "그럴진던 날갓튼데도 혼인ᄒ깃심년잇가."
 "이거시 웬 말이요. 형뎍 갓튼 이로 논ᄒ면 무어셜 더 취ᄒ오리가."
 "너 여식은 졍부인이 보시는 비니 졍부인 말심이 읏덧타 ᄒ십던
잇가."
 "그야 욕심난다 ᄒ나 빈곤한 사람이 상젼갓치 의탁ᄒ야 입은 덕이
만은데 무신 념치로 혼닌ᄒ잘 슈가 읍셔〃 말은 먼져 못ᄒ엿시ᄂ
빈궁한 걸 혐의치 아니ᄒ시고 영이를 허코자 ᄒ실진던 반가운 말을
웃지 다 칭냥ᄒ오릿가."
 "영감 맘이 그러실진던 틱일ᄒ야 셩녜을 ᄒ리라."

〈9〉

 ᄒ고 틱일ᄒ야 셩녜ᄒ니라. 모슌의 나히 십팔 셰의 셩묘도 ᄒ고

일가도 차져보고 인아족척을 다 차져 싱면코져 서울을 갓더니 을
미 만의 소셩한 방쿤이 느러오미 칭흥 안년 니 읍더라. 을미 만의
느려와 비경흥니 깃분 마음 칭낭 읍더라. 왕덕이 만국의 국퇴민안
흥니라.

　일〃은 진스가 부모께 엿자오더,

　"셰상 사람이 영욕은 져〃마다 잇시느 다만 시골 사람이 되야셔
농향의 뭇쳐 감농흥기만 자미을 붓치면 농민될 다름이읍고 경셩의
잇셔셔 구사를 흥면 사환으로 싱이를 삼울지니 사환을 심써야 션조
닉력을 일치 아니흥올지니 갓가이 잇셔야 도라올 거시 잇숩지요.
멀리 잇셔〃 무신 지조의 사근츄원을 바리오리잇가."

　참판이 일으더,

　"네 말이 올타. 그럼으로 안〃이 등천이러고나. 속담의 더우면 물
너느고 치우면 느서든다고, 이왕은 날니의 질겁흥야 석가반냐 갓튼
데도 사럿거니와 평난세계의 웃지 하향의 농민니 되리요. 아덜을
위흥야 삼천이교도 잇는데 웃지 니 몸 편흥기만 취흥며 쏘 경셩인즉
고향이라. 선영분산도 거긔요 일가친척도

　〈10〉

　거기 다 인난더 이고진즉 다만 네 쳐가쑌이지 달니 도라설 데도
읍고나. 속히 쩌날 비쳬을 흥자."

　흥고 사돈더러 일오더,

　"니 피란 와서 천힝으로 군즈을 만니 몇히 퇴평안과할 쑌더러 자
부를 극진니 잘 보와서 셰 소솔이 느려와셔 네 소솔이 되야 올느가

니 피란은 극진이 ᄒ엿노라."

ᄒ더라. 가장을 진미ᄒ야 힝장을 차리고 질을 쩌날 젹의 동니 스람 면면이 작별할 졔,

"니 이 곳의 와셔 사너라고 동니 친구의 신셰진 거셜 웃지 다 칭냥ᄒ리요."

ᄒ고 처자를 다리고 몃 〃 칠만의 이빗지을 올나셔 〃 삼각산을 바리보고 나도 두 번 졀을 ᄒ니 삼각산이 웃쑥 셔 〃 날을 보고 반기는 듯 심쳔강 송파강이 날 온다고 긔별ᄒ러 셔울로 향ᄒ는 듯 우리 임군 어진 덕을 강산도 조응ᄒ야 날니을 평졍ᄒ니 미욱한 이 니 몸도 쳔지신명 덕을 입어 싱환고토 도라오니 산쳔도 반갑도다. 셩너의 드러가니 억만장안 의구ᄒ니 웃지 안니 반가울가. 궐문 박게 사비ᄒ고 일가친쳑 졔 〃 이 차져보고 삼쳔동의 집을 사고 살님사리 비셜ᄒ니 일가덜도 구졔ᄒ고 친구덜도 구졔ᄒ니 살님사리 의구ᄒ다. 그렁

〈11〉

져렁 지니다가 참판 니외 연만ᄒ야 셰상을 바린 후의 진사 니외뿐이로다.

그렁져렁 육년 초토 치루고 ᄂ니 초사도 부득이라. 육년 초토 칠운 후의 초사는 히보랴고 이리져리 쳥촉할 졔, 임오년을 당ᄒ는데 나라의셔 국지가 진갈ᄒ야 군사 요를 못 쥬어셔 군요가 일어ᄂ니 이것도 튼 날니라. 육죠아문 두드려 읍시하고 양반이라 ᄒ난 거션 다 죽여 읍시자 ᄒ니 살 가망이 젼혀 읍셔 말 한 필 사셔 부담지여 부인을 집버 안고 동터문을 얼는 나와 송파강을 근너노니 그제야

살 덧십다. 오른손의 칫짓 들고 읜손으로 곳비 잣어 말을 달녀그는 양은 말 탄 부인 기성 갓고 말 몬 진수 삭군 갓다.

광쥬 자고 이쳔 자고 음쥭 츙쥬 단냥 지니 쥭녕지을 올느셔〃 동남으로 바러보니 온 데을 싱각ㅎ면 안동쌍이 므지 안타. 부인다려 이른 말이,

"우리 부모 병인년 날이을 당ㅎ여셔 외ㅈ식 이 니 몸을 살니랴고 이티령을 넘어셔〃 동족으로 가물〃〃 보이는 져 산 밋트로 쥬인 읍시 가시던니 우리 부모 젹누지공으로 쥬인은 조컨만은 장인장모 읍읍섯시니

〈12〉

처남덜도 졈〃 믈고 부인의겐 동긔리도 부모인정 가틀손가. 우리 부모 피란올 젠 자식 위히 고셩터니 우린 아직 자식 읍셔 누길 위히 피란인가. 모진 목슘 쥭기 어려워 졔몸 위히 피란일셰. 부〃인정은 졔는 범연할가만은 불원쳘리 믄〃길의 단 둘이셔 길을 쩌느 서로 밋고 오는 정은 정외인정이 간졀ㅎ예 둘 즁의 뉘가 한느 읍셔지면 쳘쳔통심 못 살깃지."

이갓치 정담ㅎ고 그렁져렁 오너라니 풍긔읍의 날 져물어 그곳의셔 숙소한다. 오륙빅니를 가랴 ㅎ고 쩌느난 날 싱각ㅎ니 망〃ㅎ고 급한 마음 일각이 여삼츄라.

츄야장〃〃〃ㅎ니 원긱근가 츄야장을 츄야장〃〃〃 다슈불미 츄야장이라. 그렁져렁 ㅎ다 가니 달게 소리 신〃ㅎ다. 쥬인 불너 말쥭 더고 머리 빗고 망근 씨니 자진달기 쇠우친다. 말지름이 집어언져

강거리와 밀치끈을 단단ᄒᆞ게 졸ᄂᆞ미고 부인을 말 우의 올려 노코 낙마할가 염려ᄒᆞ야 강진 ᄒᆡ남 본목으로 이리져리 얼거ᄆᆡ여 염녀

〈13〉

읍시 얼거ᄆᆡ고 말을 몰고 썩 ᄂᆞ셔니 소〃추풍 기럭이는 어셔 가자 직촉ᄒᆞ고 한 쾌 두 쾌 자진달 건날 시라고 자조 운다. 희미한 ᄉᆡ벽달은 서산의 그져 잇고 ᄇᆡᆨ셜 갓튼 골안기는 사방의 아득ᄒᆞ다. 졸지의 뒤 마리워 가는 말을 왕ᄒᆞ야 머무루고 논둑 밋테셔 뒤를 보고 거드치고 나와보니 사람 탄 말이 간 데 읍거널 쥬먹을 부릅쥐고 다름쥬어 쏘차쏘츠 가며 소릐 질너 불더보니 ᄃᆡ답소리 젹〃ᄒᆞ다. 밧비 도로 좃차와셔 졉짝길노 쏘차가며 쥭을 심을 다ᄒᆞ야 불너도 ᄃᆡ답소리 젼여 읍고 어연지간의 날이 ᄉᆡ니 멀리가도 보련만은 이리 가도 볼 슈 읍고 져리 가도 자취 읍셔, 이리 와셔 져리 가고, 져리 와서 이리 가고, 동서남북 네 거리의 두셰 번을 곱빅이치며 오는 사람마다 관곡히 무러보니 사람마다 〃 모른단니 이를 웃지 ᄒᆞ잔 말가. 구곡간장 불이 일어 신체발부 다 타깃다. 찻다 찻다 질력ᄒᆞ고 흉격이 꽉 ᄆᆡᆨ키여 짜의 털셕 물너안져 ᄃᆡ셩통곡 절로 난다. 안ᄒᆡ 쥭여 울 양이면 어이〃〃 울건마넌 망발인 쥴 모

〈14〉

로고셔 ᄋᆡ구 〃〃 우룸 나온다. 어이 〃〃 우는 거션 예졀노 우는 게요, ᄋᆡ구〃〃 우는 거션 졀통ᄒᆞ야 우름이라. 오놀날 ᄂᆡ 우룸은 예로 울 ᄶᅡ달 읍고 졀통ᄒᆞ야 우너라니 ᄋᆞ구 소리 졀노 난다.

익구〃〃 웃지 할고. 익구〃〃 웃지 할고. 가는 사람이 무정호야 간단 말이 읍시 간너. 이 늬 맘이 무심하야 가년 줄을 몰난넌가. 예절이 무어신가. 예절〃〃 예절타가 예절이 날 죽이네. 인적 읍신 시벽밤의 단 너우가 다가셔 뒤를 보량이면 말곳비을 손의 잡고 질의 안겨 누엇더면 이럴 변이 읍실 거셜. 아무리 늬외리도 체모체통 그럴 슈 읍셔 집피〃〃 드러가셔 그윽한 데 뒤보다가 이런 변을 당히쏘나.

이별〃〃이야. 호지의 모즈이별, 역노의 형제이별, 운슈의 붕우이별 이별마다 슬다 히도 잘 가거라 잘 잇시오 은제 온다 말을 호고 이별이지 오놀날 우리 이별 하눌노 올느간지 쌍으로 드러간 지 싹도 읍신 이별이니 천고만고 젼후셰의 이런 이별 쏘 인넌가. 죽어셔 영니별은 남더리도 호는 게라. 죽어셔 영장호면 이갓치 이달우며 살어셔 싱니별은 싱초목의 불 붓는다 호더리도

〈15〉

가년 거셜 보왓시면 이디도록 셜지 안코, 가는 스람 불칙호여 날마다고 도망호면 못보난 데 갓더리도 이럭케 슬워호면 실업이덜 안 일소냐. 자긔 발노 간닐 읍고 말 못호는 말 등의 다 결박호야 보넛시니 머물리도 말 못듯고 지향 읍시 달녀가니 나닐닉도 얼거민셔 날일 슈도 전혀 읍셔 삼철니 너른 싸의 어디로 간넌지 웃지 알가. 히남 쳘니 갓더리도 소식만 드르면 츠져가고, 의쥬 털리 갓더리도 소식만 드를진딘 불철쥬야 차져가지. 이리 간너 져리 간너, 살언넌가 죽언넌가. 오미 쯩의 졍신읍다. 싱장호던 감천 동네 지명을 알 터이니

힝긱을 만니여셔 모몰념치 감천 물어 말곳비을 쓸어잡고 감천으로 차져간녀. 감천이ᄂ 가보리라.

감천을 차져 가니 옛적의 보던 산천 봉〃곡〃 의구ᄒ다. 처갓집을 바리보니 마음이 우둔〃〃 거름 거를 긔운 읍다. 촌힝으로 예 왓는가. 정신 읍시 드러가니 처남덜이 마조 나와서,

"울 미부 나려오네. 누이동싱 잘 인난가."

안니 온 게 확젹ᄒ니 디셩통곡 졀노 나니 금할 수가 젼여 읍다. 처남덜도 속 모르고 의심ᄂ셔 ᄯ 물으되,

〈16〉
"누의 그리 잘 인넌가."

늣긴 마음 진졍ᄒ야 한슘 쉬고 말을 ᄒ되

"자네 누 죽언네."

"죽단 말이 웬 말인가."

일장통곡ᄒ다가

"그리 은졔 죽엇셔."

"지니간 달 초닷신날 죽엇셔. 즉시 션영 졔ᄒ의 장사지녓지."

저녁상을 바드니 즁츄 막혀 못 먹깃시ᄂ 한 슐 밥을 물의 풀어 겨우 먹고 목침 베고 누엇시니 문넌 말과 ᄒᄂ 말이 귀박게 바람이요 오미 마음 졍신읍다. 남은 모도 잠 자는데 긔소리가 컹〃 ᄂ니 말 자춰을 듯고 짓너. 긔별ᄒ러 사람 오녀. 밧비 나가 동졍 보니 긔가 공연이 날 속연네. 잠 한잠 못 일우고 젼〃쳐런 밤도 질다. 아침상을 물넌 후의 무심한 체 나가셔로 이 모퉁이 져 모퉁이 쳔연ᄒ

게 근일다가 못보난 데 나셔〃는 월옥흔 죄인갓치 쳔방지축 단니면
셔 가는 사람 오는 사람 면〃이 물어보와도 시원한 말 못듯깃다.
우리 니외 의 조흔 걸 쳔지 조물 시길넌가. 희셩야월 초퓌왕은 우미
인을 이별ᄒ고, 마외춘풍 당명황은 양구비을 이별ᄒ고, 오놀날 니
이별도 날니 만닌 타시로다. 쳥쳔의 외기럭이 웃지타가 짝을 일코,
믈고 물니

〈17〉

우지져 사람 맘을 동ᄒ넌야. 녹슈 외짝 원앙 비필 불너 실피 우니
이 니 간장 다 녹넌다. 인졔는 할 슈 읍셔 암힝어사 츄종갓치, 비러
먹넌 걸인갓치, 촌〃이 단이면셔 근포하야 차지리라.

각셜이라. 안기는 자옥ᄒ야 지쳑을 분별치 못ᄒ는데 부인 탄 말이
잠간 머무루다가 쑤덕〃〃 거러가니 말 우의셔 치미을 덥퍼씨고 무
신 의심 잇실소냐. 치미ᄂ 안니 썼시면 도라다나 보깃지만 치미을
덥퍼 씨이고 눈만 쎅곰 구멍을 두어 디통구멍으로 니다보덧 ᄒ니
오는지 가는지 모로고셔 말이 가니 할 말이 잇더리도 가장의 말 모
는데 말ᄒ기도 미안ᄒ여 몃칠을 나려와도 마상의셔넌 문답이 읍셧
기로 의심 읍시 말 우의 치미를 씨고 안졋더니, 을마나 갓던지 마실
압페 지너는데, 박진사 노인이 사랑의셔 니다보니 웬 부인이 치미을
씨고 말게 안졋넌데 말은 쓰더 먹너라고 잘 가지 안니ᄒ고 싸루는
사람은 읍거널 싱각건더 고이ᄒ야 말 오던 데을 믈리 바리보아도
오는 사람 읍거널 죵년을 밧비 불너 분부ᄒ되,

"네 저긔 가셔 웃던 부인이 혼자 말을 타고 가넌가 물어보고 오라."

ㅎ니

〈18〉

종이 느가 그디로 물은즉 쌈짝 놀니여 치미을 버셔치고 사방을
살펴보니 낭군이 간 데 읍거널,

"웬일인가. 진스님이 따러오시는 줄 아럿더니 어듸셔 쩌러지고
안니 오너. 알 수 읍다. 웬 닐인가. 다리 압퍼 쉬너라고 안오시너.
신들미가 쩌러져셔 들미너라고 쩌러졌너. 알 슈 읍다. 웬일인가. 여
보게 말곳비 좀 붓드러쥬게. 자버민 것 좀 글러쥬게."

글러노코 말 붓드니 간신이 말게 느려 이미 우의 손을 언고 바리
보고 지다려도 젹〃무인 아니오네. 종이 말ㅎ되,

"우리딕 진사님계셔 어듸로 가시는 니힝인가 아러보라 ㅎ시니 어
디로 가심난잇가."

"나넌 셔울 잇더니, 안동 감쳔 권싱원딕이 친정인 고로 셔울셔 난
을 만느 친정으로 나려오던니 우리 진스님이 말듸의 오시는데 시벽
의 쩌느오다가 뒤 본다고 ㅎ시더니, 오시넌가 ㅎ엿더니 오신난데
읍시니 웬일인지 모로깃네. 진사님이라 ㅎ니 승씨가 누기여?"

"박진사딕이올시다."

종년이 드러가셔 이디로 엿쥬니 박진스 짐작 놀러,

"네 쏘 가 그러면 셔진스쩍이야고 엿쥬어 보와라."

종이 지순 물의되,

"셔진사님쩍 아

〈19〉

씨신잇가?"

"그러ㅎ예."

종이 드러와서,

"그러타 한나이다."

박진스 밧비 안으로 드러가셔 마노리더러 말ㅎ되,

"져긔 말 타고 온 듸이 감쳔 풍산 권생원의 짜님이라. 내 친구의 딸이 안닌가. 다리고 드러오게."

마노리 나가셔,

"셔울 셔진사듸이라지요. 우리 양반니 듹 친졍 으르신네와 조혼시이라우. 어셔 드러갑시다."

"그럿타시니 반갑소이다. 그러나 우리 사랑의 오난 걸 보고 드러가깃심네."

"사랑의셔 지다릴 터이니 염녀 말고 달이 압푼데 드러갑시다."

드러가 사랑 못퉁이의 셔 〃 말ㅎ되,

"즈 친졍 으른과 친ㅎ신 듹을 맛츰 왓시니 든 〃 ㅎ외다만은 졔 가장이 워듸셔 쎠러지고 딸어오지 안니ㅎ니 답 〃 ㅎ와이다."

"쳘이원졍의 두 니우 오시다가 잠시라도 못짜러오면 안니 그럴 슈 잇깃소. 염녀마시오. 니 예셔 지다리오리라."

드러가 안졋시니 오미 마을 간졀ㅎ다. 일모황혼 어두어도 소식이 젹 〃 ㅎ니 밋칠 듯흔 이니 심장 어느 뉘가 안정할가. 낭군이 오셔야 안정 되지. 침 〃 칠야 어두운 게 니 맘갓치 쌈쌈ㅎ다. 박진스가 문박

〈20〉

게셔 위로ᄒ되,

"이곳젼 아무 염녀 읍소. 혼ᄌ 밤중의 단녀도 아무 염녀 읍소. 필연 안기 속의 뒤 보다가 모로넌 결의 말이 ᄯᅡᆫ 질로 온 걸, 감쳔으로 가는 큰 질로 간넌가바 〃로 그 길노 조차 갓시니 도로여 거기셔 큰 걱정이짓소. 여긔션 아무 염녀 말으시오. 너일 너가 모셔다 드리리다."

"그 말심을 들으니 그럴덧 십어 맘을 좀 녹킷소."

그럿터리도 잠 한 잠 못 자고 장 〃 츄야 진 〃 밤을 ᄯᅳᆫ 눈으로 시우고 날 시기를 기다리더니 금당실셔 식젼참의 하인이 왓넌데 박시덕 종 중사로 지급한 일이 잇셔 곳 밧비 오셔야짓다고 급한 편지 왓거널, 박진사 왈,

"오늘 곳 너가 모시고 가랴 ᄒ엿더니 종사의 급한 일이 잇셔 오늘은 갈 슈 읍시니 하루만 더 고셩ᄒ시면 너일 일직이 와셔 모시고 갈 거시니 그리 알나."

ᄒ니 낭군 일코 답 〃 한 맘 일각이 여삼츄ᄂ 무신 넘치로 너 욕심만 싱각ᄒ야 두 말을 읏지 할가. 답 〃ᄒ고 답 〃ᄒ다. 오늘 ᄒ루 지니기는 갈 날이 자르단덜, 날 지니고 밤 지니니 밤조차 잘을손야. 젹 〃 츄야 진 〃 밤을 여관 한

〈21〉

등 웨 시울가. 그렁져렁 슈심으로 날 져무러 황혼이 되얏고나. 오줌 소폐ᄒ랴 ᄒ니 남의 집의 오줌 누기 만 〃 치 아니ᄒ여 후면으

로 드러가셔 짐치광 뒤의 안젼너라니 쥬인 졀무니가 즈 어머니을
은근이 불너 가지고 비밀이 말ㅎ너르고 짐치광 압폐셔 말ㅎ거널,
숨도 크게 못 쉬고셔 숨엇시니 다른 말이 안니라.

"이웃집의 호러비 김셔방이 ㅎ는 말이 '자네 집의 온 마노리가 오
다가 사나를 일엇짜지. 사럿시면 밤낫 이틀이느 무엇 ㅎ고 아니 오
깃너. 죽언너니 죽엇셔. 그 기집을 너계 인권ㅎ야 쥬계. 그리ㅎ면
그져 ㅎ라넌 거시 안일셰. 문압 들 자네 논 겻테 논 단마지기를 이쥬
즘셰. 자네 자당과 의논ㅎ야 모쪼록 되게 히보게.' ㅎ니 실상 졔 사
나히와 살엇셔도 졔 발노 온 거셜 무신 일이 잇깃소."

어미 왈,

"애, 그 논은 욕심난다마넌 그리 힛다가 느 아버지 승품의 광깃찬
킨너야."

"아버지가 집의 기시면 못ㅎ런니와 그리한 후의 오시면 걱정은
ㅎ실 만졍 징이파지"요 져지른 일을 웃지 하깃소."

"그리면 그리 히보즈. 니 건넌방의 다리고 가셔 이식도록 갓치

〈22〉

놀며 슐을 권ㅎ야 취ㅎ야 잠들거던 니 불쓰고 나오거던 승간ㅎ여
홀아비을 드려보넛시면 안되깃나냐."

"예, 그리합시드."

ㅎ고 나가거널 잇처름 쐬ㅎ는 걸 듯고,

'네 쐬을 너가 아셔 ㅎ리라. 불상ㅎ다 박진스여, 처즈를 못 두어셔
은변위슈 되리로다.'

ᄒ고 정신이 앗득ᄒ고 몸이 썰녀 웃지할 쥴 모로다가 한 쐬가 싱간난다.

'그러ᄂ 셰상 닐이 한심ᄒ다. 진ᄉ 으른 갓틀진딘 날을 구완ᄒ신 은혜 빅골난망이련만년 진ᄉ 으른 싱각자면 니 몸이 죽어 누를 깃치지 안난 것이 올컨만은 잠시 은혜을 싱각ᄒ야 우리 진ᄉ의 평싱 한을 짓칠 터이니 잠시의 입은 은혜 고딘 니의 원슈될 쥴 어이 알니. 가련ᄒ고 한심ᄒ다. 조물이 시긔ᄒ니 은혜 변히 원슈 된다. 박진ᄉ가 기셧시면 은변위슈 안니될 걸 일낙장사츄식원ᄒ니 부지ᄒ쳐깅 봉군. 어졔 시벽 낭군 죽고 오늘 밤의 나 죽으면 둘에 혼니 만니련만 낭군 산데 ᄂ 죽으면 낭군 신셰 가련ᄒ지. 낭군이 죽엇실진딘 나도 이졔 죽는 거시 가컨만은 낭군이 사라난지 모로고셔 니 몸이 죽어지면 싱젼 포한 짓치 되니 싱사 여부 알

〈23〉

아보고 죽엇시면 죽더리도 살괴을 니 ᄒ리라.'

노파가 음희할 쐬을 시작ᄒ다.

"여러 날 힝노의 곤핍ᄒ신데 조용ᄒ 방의 가셔 편이 잡시다."

"그리 ᄒ십시다."

싸러ᄂ가니 며누리를 불너 슐 좀 가져오라 ᄒ니 "예" ᄒ더니 모판의 안쥬 노코 디졉 노코 큼직한 슐병을 니다 노커널, 우선 한 디졉 굿득 부어 쥬며 왈,

"근심되고 속 다난데 슐이나 잡슈시고 근심을 이지시오."

"예, 심회가 ᄂ 슐 싱각이 간졀ᄒ더니 으르신네가 졔 맘을 맛츄와

슐을 쥬시니 만니 먹깁심늬다."

슐병을 일쥬시 갸우 싸룬 슐을 도로 병의 붓고 흔들〃〃 흔들어서 한 디졉을 긋득 부어

"으르신네 먼져 잡숴야지 저도 먹지요."

노파가 슐 한 디졉을 한 슘의 다 마시니, 도라안져 그짓 부어 마시는 체흐고 쏘 부어서 노파 쥬고 그짓 부어 먹넌 처럴 여러 잔을 먹여 노니 덜미 눌러 흐는 말이,

"인싱이 장감인데 슈절인지 정절인지 다 씰 데 읍지. 팔즈가 글넛시면 곤치는 게 제일이지. 압집의 짐호라비 스람도 무던흐고 형세도 오복것지. 아무기라도 게 왓시면 복 잇지."

속말노, "그년의 드러운 입을 술잔으로 막깃다." 흐고 그겨 부어 쥬면 먹고

〈24〉

부어 쥬면 꿀쩍 술 한 병을 다 멕이니 툭 고라져 혼몽천지 되얏거널, 등잔불을 혹 쓰고셔 뒷겻테 기구멍을 보와 두엇다가 복지흐야 싸져나와 천방지축 다러는다.

'옛젹의 사씨는 교녀 동싱 흉계 피히럴 피흐랴고 야반도망 남경흐고 유충녈의 어머니는 증한담의 히를 입어 수치 구멍으로 싸져느가 남천을 바리보고 지향 읍시 도망터니 오늘 나넌 무삼 죄로 기궁그로 싸져 느와 갈 데럴 향비 못히. 느도 쏘한 남녁크로 가리로다. 우숩고 우숩도다. 고싱 즁의도 우숩고나. 박진스의 마노리야, 못할 흉계 쑤미다가 망신실체면할 손가. 우숩고도 우숩도다. 박진스의 아덜이

야, 불의지물 취ᄒ다가 이붓아비 보리로다. 남의 실힝 시기랴다 제
실힝을 ᄒ리로다.'

지향 읍시 가노라니 원촌의 닥 울더니 날이 장차 발거온다. 발근
날의 니 모양을 니가 보니 실픈 중의 우슙고나. 독긔빈지 망동인지
독가비러도 마병독가비러고나. 기잔ᄒ고 다리 압퍼 갈 슈가 젼여
읍서 조고마한 집이 질가의 잇거널 져 집의 드러가셔 슉늉이ᄂ 으더
마시고 감쳔

〈25〉

가는 길이ᄂ 물어보리라 ᄒ고 사리문 박게셔 디려다보니 크다마
한 총각 아희가 남걸 쑥〃 퓌다가 홀금〃〃 보거널, 맘의 조치 안니
ᄒ기로 돌다셔〃 가노라니

"어머니, 〃〃〃" 급피 불너ᄒ년 말이,

"져긔 셔울 아씨 지너가요."

늘근 노파 ᄒ년 말이   .

"밋친 놈의 소리 한다. 셔울 아씨가 웃지 거러셔 오시깃너냐."

"안니요 나가보소."

할미가 ᄂ오더니 달녀들며 붓들며셔,

"아시님, 웬일이요? 져 모양이 웬 일이요?"

ᄒ년데, 보니 친졍 종할미여널,

"어멈, 웃지 여긔 인녀. 반갑기도 그지 읍고 인져ᄂ 사러쪼ᄂ."

"어여 드러가십시다."

총각놈이 쏘차 나와 유무를 드러거널,

"네가 그 싀이의 그럿케 컷넌야? 몰느보깃구느."

"아기시님, 웬 일이시오."

"온냐 차〃 이야기ᄒ마. 딕이 예셔 을마느 되넌야?"

"을마 안 되야요."

"그 싀의의 딕이 다 무고ᄒ시냐?"

"예, 무고ᄒ지라우."

우션 더운 국과 밥을 차례 오거널 조곰 먹고,

"진사님 오선넌지 모로너냐?"

"몰나요. 듯지 못ᄒ셔요."

그 소리의 가심이 덜컥 너려안넌 것 갓트여 더강 말ᄒ니 그것덜도 쌈쯕 놀너며,

"아, 거 쌱ᄒ라. 어여 앗말 드러가셔 가미와 조군〃 한아 으더 오너라."

ᄒ야 조군 타고 오너라. 종할미 압페 먼저

〈26〉

드러가 서울 아씨 오시는 일을 말ᄒ니 쥬것다던 사람이 살오온다 ᄒ니 반가운 중의 '우리도 속앗사니 즈도 속여보리라.' ᄒ고 진ᄉ 왓더란 말을 일정 말나 단속ᄒ고 가미를 맛질시 가미 문의 느와 다른 인사 읍시,

"셔진ᄉ 왓소?"

"안니, 왜 웃진 일로 져 모냥을 ᄒ야 가지고 와셔 서진사 왓너얏 말이 웬 말이여."

쌍을 드듸려 통곡ㅎ거널 오릐비딜언 먼저 요량이 인너고로 우슴
을 겨우 참어,

"진ᄉ넌 웃자고셔 예 와 물어?"

우룸을 다 참지 못ᄒ야 훌젹〃〃 하민셔 말ᄒ되,

"그년의 날닌가 군용가 ᄂ셔 피란 가자고 세간 그릇 다 닉바리고
말 한 바리 사셔 부담지여 날 틔우고 손주 말 몰고 풍의읍의 와 자
고 싀벽의 써ᄂ오다가 뒤 본다고 ᄒ더니 안기는 ᄌ옥한데 말이 가
니 나는 뒤의 ᄯ러오는 줄 알럿지 뉘가 알어. 워딘지 박지사가 사랑
의셔 보니 말 뒤의 ᄯ루난 사람이 읍고 말은 쓰더 먹너라고 가지
아니ᄒ닛가 종년을 닉보니여 뭇길니 셔울 셔진사뒥인데 감쳔 친졍
으 오는 길의 진ᄉ님이 어듸셔 써러젼넌지 모로깃다고 ᄒ니 지슌
나와 뭇되 친졍이 웃던 뒥이냐 ᄒ길니 풍산 권싱원 쬑이라 ᄒ니,
진ᄉ의 뒥

〈27〉

이 ᄂ와셔 ᄒᄂ 말이 우리 진ᄉ님이 뒥 친졍 으르신네와 친한 ᄉ
이라 ᄒ고 드러가자 ᄒ기로 드러가니 진ᄉ가 문박게셔 말ᄒ되 닉일
닉가 덜려다 쥬마 ᄒ던니 급한 볼 일이 잇셔 어릴 가며 닉일 와셔
더려다 쥬마 ᄒ기로 헐 슈 읍셔 그 집의셔 묵엇더니, 어두울 졔 오줌
누러 뒷겻테 짐치광 뒤의 안졋더니 진ᄉ 마노릐와 아덜이 나 거기
인넌 줄 모로고셔 짐치쌍 압페셔 공눈ᄒ되 그 압집의 홀아비가 드러
온 기집을 유인ᄒ쥬면 논 단 마지기를 쥰단니 건은 방의 다리고 가
술을 먹여 취희키고 홀아비를 들려 모자ᄒ기로 나는 도라안져 먹넌

체흐고 그 늘근이만 권흐야 취히 고라지길너 기궁그로 싸져 도망흐
야 천방지축 향비 읍시 오드가 날이 시년데 비 고푸고 다리 압퍼
숙늉이느 으더 먹으랴고 드러가니 어멈네 집인 고로 나는 사러 왓시
느, 아이고 〃〃〃, 웃지 하여. 아이고 〃〃〃 웃지 하너.”

"싹흔 일이다마는 긔역 신슈말ㅈ을 그리 운덜 사러오너. 송구흐
다. 그만 긋처. 죽엇지. 죽엇길너 아니 오지. 싹흐다."

그렁져렁 날이 저무러 셔진ㅅ가 후질분히 가지고 드러오거널,

"미부는 무신 볼 일이 잇서 〃 어듸 갓더?"

"안졋시니 각갑흐기로

〈28〉

두루 바람 쏘엿지."

"미부의 혼거흐야 져붓 〃〃 흐난 꼴 보기 실여. 웃덕케 장긔을 속
키 드려야깃넌데…"

둘지 사람이 잇다 말흐되,

"형님 조흔 슈가 잇소."

"무언 슈?"

"이웃의 가니 과부 얌전두 흐고 지조도 족코 먹을 것도 족〃흐고
족킷소."

"말을 듯긴늬?"

"말노 희서는 안되지요."

"그러면 웃덕케 흐녀?"

"오늘밤의 바누질 히달나고 쳥히셔 건넌방의 안치고 하다가 술이

나 먹여 잠들거던 집의 사람덜은 불을 쓰고 나오거던 드려보니여 잠만 잣시면 그만이지요."

"애, 그 꾀 조타. 그리 ᄒ자."

진스 왈,

"나 실례 쥬근 제가 을마 되야. 정녑의 못 하긴네."

"아짜, 열녀 말은 들럿서도 정남 말은 못 들언네. 아모 말도 말고 우리 하라넌 디로 ᄒ게."

안퐉 읍시 짠 일이라 안의셔 ᄒ넌 말이,

"시누님이 심난한데 어린 것덜 뒤슝〃ᄒ 것 괴로울 터이지. 져 방으로 가세. 거넌방의 가셔 이말 져말 ᄒ면서 이식도록 위로ᄒ야 말ᄒ다가 편니 쉬게, 〃〃〃. 독슉공방 편니 쉬게."

ᄒ고 안으로 드러간다. 처남더리 소민 잣고 드러가셔,

"슐 취ᄒ야 잠드럿다네. 어셔 밧비 드러가세."

"나는 참아 못ᄒ긴네."

"이것이 웬 말인가. 이런 자리 노치면 언 구ᄒ기가 어려운데, 쳔녀 불취 웬 일인가. 고진감니 마다ᄒ면 오류평성 할 수 읍지."

손 쓰넌니 등 미넌니 뒷문 박게 다달러셔 억지로 드려보닌다. 잠시간의 풍파 나셔 벽녁갓치 소리 질너,

"오라버니, 〃〃〃. 웃잔 놈이 드러 왓소. 오라버니〃〃〃〃 올아번니 어디 갓소?"

첫소리엔 놀납더니, 지삼 소리 질으넌데 안이 어셩 젹실ᄒ다.

"이거시 뉘 목소리여, 이거시 뉘 목

⟨29⟩

소리여."

흑년 말이 부인 귀의 익은 음성 말년인덜 이질손가. 쳐남덜이 지 디타가 왈칵 〃 달려들며,

"웃던 놈이 드러왓셔? 난졍 몽둥이 어듸 간너? 쥬리 방망이 어듸 간너? 그 놈 튀여갈나. 문 눌너라. 지기쏘리 어듸 인늬? 어여 밧비 글너 오너라. 지름공이 동이듯 동여라. 당 성냔 어듸 인늬? 불 밧비 혀노와라."

불 거셔 더려 노코 쎗구미 듸려다보고,

"이 놈이 서울놈 아니냐?"

손펵치고 쌀 〃 우셔,

"허리가 약할진딘 불어질가 염녀된다."

진亽 니외 ᄒᄂᆞᆫ 말이,

"몽중인가 취중인가. 쑴이걸낭 끼지 말고 취중이면 빅년 삼만육 쳔일의 일 〃 슈경 삼빅비ᄒᆞ야 장취불셩 끼지 마셰."

쳐남더리 츔을 츄며,

"얼사졀사 조홀시고. 죽엇다던 누를 보니 이닉 집의 경亽로다. 얼 亽졀亽 조홀시고. 일은 안이 만닌 사람 이런 경亽 쏘 잇넌가. 이러느 셔 츔츄워라. 일은 낭군 만닌 亽람 이런 경亽 쏘 잇넌가. 이러느셔 츔츄워라. 얼亽졀亽 조홀시고. 셰 경亽가 한 데 모아 츔 안 츄고 무얼 홀가. 얼사졀亽 조홀시고." (끝)

〈서진사전〉 영인 자료

일러두기

영인 자료는 204쪽에서 시작한다.

셔진사젼

광무삼년(三月) 명인츄의 셩국비가졍히여 되여셔

녈기왕언타국사랑이 셜로통셥지못후는주로다

국인렴도본니용고화를 셩이부여셩지못더라

산셔씨갓튼비의 쌍화롱의츙쳔후니 쏫고후는바

이쌍듯지박이 비라후여라 히원군호쳡지지도국사

을슈장후니박셩의소돔을 삼인각지아기호로겨셔를

부기여여부을아라모지아나 후로군사를춘밧할게

구즁의 소졔군을 일ㄷ이ㅆ바츔구ㅎ타ㅎ니 일ㅇ즉임
밍ㅇ즉살듯불살듯ㅎㄴ어비뉘ㄲ도심취앗ㄴㅎ니
요여슌잔앗의팔ㅇ슌구ㄱㄴ앗ㄴ돔ㅎㄴㄱ웅셔잡ㅆ모
의의비밑ㄴ듯ㅎㄴ사방팔몬의물ㄱ죵아나몰슈ㄱㄴㅇ
셔가비를노교분뒤가치타가ㅇ여진ㅅㅇ의가끼가박친
츌불ㄷ교졔혹셔ㅈ제앗ㅇ순앗ㄴ못알도볼못
호던여안이박뒤여오기로둘ㄴ졀ㄴ부며넌어뒤가요
쳥산다뒤눌ㄷ ㄱ가 앗졋시ㄴ이눌ㄷ ㄱ를어이할ㅅ

산지 산행하터 난데어 되사어게 차지 때어 되사여

안니 차지ㅅ소 그런져렴 날너토우 화기 돔산ㄴ녀산보

가일지이 파ㅇ호오아 책 판거지ㄴ니고 무업으로 치산제

가호니 늣기아혈 한아을 무메 노비죽속은 빱두수심엄

쳐ㅆ사 구에라ㅂ기 이일지이 않 홀을 성기다가난 셰을맘

후ㅈ국ㄴ을 룸지ㅆㅈ 효쵸피퇀 가ㄴ일ㅇ을 홀회 않니ㄹ

ㄴ쏀뒤지 모됴 흄고ㅇ븀 ㅂㅕㄷㄷ흄 씨ㄴ겸진 무흠이 비됴에

퍄호ㄴ금업니 진ㅅ흠의 ㅠㅁㅁㄷ 소죡웅고 셔조를 부락

호애 꼬빌 데롭더 져조 심을 구완치 못호야 결사호면도

토져 조샹의 득죄가 되깃시니 피란간는 게시가로다

호고 갓속을 꼬러 나와 의셰 안돈으로 파쳔을 호는다

호구 심야 두겹위 이번 난의 파쳔을 호쳐가시 부기되

안동 샹의 바려가 잇다가 쌍일 파쳔호 거던 되가 울마

져시위 호되 라호고 노속 등을 불너 분부호되 가쟝 지

물은 너의 등을 휴련게 미 일일 평 낫기 되거던 교토노

나가지라 난는 쳘니 원졍의 낙향 호느 상놈이라 속히

울나울가빗응다롱고 벗정훈 직을을 경쓰토 진으로

사랑을 부인탄 갓이 외시고 안동을을 누려 갓셔드든

즉셕기빗가 다흐도데 가 뒤빅산 솟도토을 빗누틀듸가 면별

유쳔지비 일산 이라 흐기토 그곳을 차져 갓니 팡연 별불러

듀이라 이곳 의을 을지알고 차져 흣니 하누님이 지시흐심

인가 조산 이틀 따엇더가 부른도원 심슘 곳지 잇다 뎡다 부틀

도원예 안가 나 예상 이다 흐어 도우틔소 솔 쌀 깃도 다 잇신

이샹 퀘흐여 산천니 아틀 당다 인심 호부는 모도 거니라

산쳔이 후며 흔 데 잇심 인 멸 범연 흐며 집울 사퇴흘

뇌집 강도 지혈 흐야 뒤고며 잇셔에화 잇 축 온 집 의뇌고

방도 쳐셔 가쳐 오고 셔도 쳐셔 가져오며 산 나물도 가쳐오

교 장도 받우가 젹옥 이런 후 풍츰 보깃네 한 딸 두 달 지니

본무례 학게 별 일 다 무례 치 아니 호연 흔 잇시인

열속 지라 흐고 동네여 예셜 찻고 벽 졀 칫고 된쳐

덕을 엇지 찰사 임 향 순 축 풍속 졀로 되며 굴고 치궁

뒤 일 함 되야 소자 찬 열 쳇 판 진된 딴 밧출 여제 흐세

어렵도다 승지채판 무엇신지 일음도 모로푸세 갓투

썬걸 보고 파촐이라 이릇ᄒ아 늘근이도 셔파촐이라 부

크교 결무니도셔 파촐이라 불고고 아희기집 비뿔을 흐

라면셔 파초네라 흐니 참판 쌀뿐어되 고파촐인 덧십

더라 그것 그러 흐워니라 제 쏠지기 라고 술을 초푼비취

너덕 이웃 마수퍼가 뿔교제 가어너 발어아흐기의 비

일 박이라 흐앗 덩지 토 머사 탯이져 ᄂ쌀 토론 남걸 짓교

외여 안 마당이 항덕 보고 뎐 셜을 보와 두러 외씨당의

샬어 노코 안진놈의 눕는놈의 부녀덜은 모아 오되 술

돈의 도 이요 돈고메 멀갈루이요 오고 비챠 잡치 도가지고

外서 이人 外서 놈슬도 못흐여서 젹거되가 음슬 듯흐여메

갈를 가져밨소 질 음이 흐실듯 젼 음 탐젼ㄴ 가져있

소문 데서 이人 外셔 소딩인ㄴ 잇 깃소 우되 소딩 가져있소

일변 붓人치 기짓년ㄴ 예술도 데우년니 예 술등의 을니다

노코 족 백을 떠 위노고 젹 소딩을 군딘 됩로 너 ㅏ노고 햇

포고 북 뎡으면 셔 산 타령도 흐던놈의 입쟝귀도 치는놈의

잠타령도 흔 노뉵의 굿거리도 훈은 뉵의 지사 지닌는 집

이낫고 별산판 보다 더호 더따자 야밧을 당흐여 힘사를 흐

따호고 출슈흘 호얏더니 손교락으로 갈트처며 이샹한걸

첨 보왓다 제연쟝이 인녀 거설 우리는 연쟝을 씨지 넛곤

흐더니 멋칠 후의 동네 사랏제 타한덜 황뎌노보챠슈

염산수 몸으로 누가 셰 강물을 흐얏더니 제 지닌 사탁이 와

더호던 쌀 이 파츤네 제연쟝을 줄멘 닛시요 그거션밧

셔가도 안던 거요 빌 니지도 안던거셔 타호우 여보 이웃사

춘이타니땅파면달년회연쟝도빌려년데까씨니갓다

노효졔지니는데달을벌머쇼의가세질러일오거귀셔야

웃지이웃의셔ᄂ로밋고산단쌀일오그뒤쳣못쥬깃소챤

못쥬깃소듸가간답ᄊ셔눌ᄋ아셔그띄먼갸쳐갓기눈가

겨가도부듸졍이호싱호그계야부탁안인덜병연훗깃소

슈가성각ᄒ니비만호고에병ᄒ여나눌웃지숙이양퍼쳣

사를못하깃소신쥬울어더명으더보면거갓머에간졍의

바랏들놈갓치잇우슈울굿치못할너라식젼의일

직지다려도 눗도도오지 안니커널궁굴흐닐로갓더뎨

사냥잘지닌갓흐고 졔사영찬 차직더 옛다흐니 그럿치안

비면가져 깃지 쌍운 쳐군더짐서 받니졔스까오 놀쳐녁일타

고갓다슈고 쏘으러오녀니 뉘쌋다 씨요며나쎨 알거시니

달나구호기도 쥬엇시니 뎌뎡쓰소로 더좌성 갸거뒤 뫛

이와랄 넌뒤도 호위혼 백안 숯슈울깃다 죳고 잇더니 그잇

든날 눗진 후의 가지고와 호뇌바니 어떤 것더니 고것뫼

한뎔오달타프트 짐울룰 길뉘잣간 갸쳐놀뫼 슈엇더니

숫덕게ᄒᆞ다가 목아지을 분질럿소 어ᄯᆫ 거셜 ᄯᅥ터익가

이웃의 회셔 밧이 손지 조ᄭᅡ 잇셔셔 비꼰처 슈ᄊᆞ고 ᄯᅡᆯ 편자

ᄯᅥ터진 거시 ᄡᅭ츈 니게 잇다ᄒᆞ고 ᄑᆡ거셜 그ᄶᅥ터도 되고 ᄯᅡᆯ

ᄇᆡᆯ칼 팀 낫 폼 삽 일노 ᄯᅮ드리 오이려 더 드ᄂᆞ히ᄒᆞ며

슈특을 쳐손으로 속구고 신 슈을 비여 들고요 것ᄡᅵ소

두손으로 익여 젹게고 쳐터 석게ᄭᅵ며 여좀ᄃᆞ 주요 ᄭᅥ가

차셔 아모 ᄲᅩᆯ도 못ᄒᆞ고 간 후의 졈한 산의 갓다 며 혼ᄒᆞ고

그날 즉시 쳐ᄌᆞ틀 앙ᄒᆕ고 ᄣᅢ쳘 ᄡᅳ의 별단 젼을 경우ᄂᆞ

마음근쳐을담도하니삿교무친어의할고소챵무쳐더기

무둑섬까흑여쳔의일까계신집의다니난쳔셔방이

샹학이앗젼한데수녀는못지못햇텬이그샨탁의진아

안돈갓쳔이하호다니갑쳘을차쳐가빗타타호교셔울셔

셩쟝핫부인이쏠지의도보을호니띠일심나도옷교오터

도거어멋쳘밧의갓쳥을차쳐갓구마연그샨탁의잇넘데

빨나보교손을잡고밧쉬운즁의거지도샨바호교

쳔셔밧가셩도불빈호더여졉보도가긴불긴쳔셔방을

믹겻더니가쥐을쓰면호여돈니거셩호두의약형제

라그렁뎌뎡오뉵년산노난두아뎐못호의나리십눅

셰타젼지호도더부터앗셔자뎍혼두을격졍호두치

호으는쌀이자졔혼연을구호라먼션을올나갈셔지

오이셔풀셔라혼인쌀학젹한집이잇신법이오자속

혼인으로놋치축양반쫀걸취호지아두로노타쏘셔을

규향을취호면이놋촌궁한살님을할슈읍시누의옷

한미한양반의집가문의혼이읍고쥬향인오식누한

걸원호도타그털진틴밧갓튼데토혼인호깃심뎐엇
가이거시웬쌀이오형틱까튼이오논호면무여셜더취
호호티간뇌여슉은졍부인이씨논비니졍무인쌀십이
웃덧타호십덩잇가그아욱심년다호노병혼한사룩여샹
젼갓치의막호아입은덕의쌀혼데무신녕치로혼년호챤
슈가읍서쌀은쎠뭇여시ᄂᆞ빈굿한걸혐의치아니
혼시고영위를허코자호실진틴밧쌍운쌀을웃지다졍냥
호호덧가영짱빱이그터실진뮤틱열호얀셩비을호되라

호고 튀이 훌에 셩에 희라 못훌의 나히 십팔셰의 셩묘

도호교 일가 도쳐 젼뇨 교인 아족쳐 을 다챠 져 셩에 교 져 셔울

을 갓더니 을 뜨 짜의 슈헌 한 반또 인누 더오 미 친호 앗더니

용더라 울 미 짜의 누 더라 비 젼 호 니 갓분 짜 용 칭 남 용더

라 왕 덕이 짜국 의 국 튀 짜얀 호 니 라 일으은 진츠 가 부 모 께 엿

자오디 셰샹 사람이 영욱은 져 짜 잇 시나 짜 시 꿀 소 탁이

되어 어 농항 의 붓쳐 깁 농도 기 ㄹ 쟈 ㄹ 을 붓 쳐 먼 눈 민 봤 다

틍 이 용교 졍 셩 의 잇셔셔 구사 를 호 젼 사환 으로 셩 일 틀 삼

울지니 사환을 심써 야션조니럭을일 치아니ᄒᆞᆯ을 지니갓

가이잇셔야 도라올ᄃᆡ 시잇ᄉᆞᆷ지요 ᄲᅥ러잇셔ᄂᆞᆫ무신 졍ᄌᆞᆷ의

사근츄원을 바뤼올뤼잇가 챡판이알으ᄀᆌ네ᄠᅳᆯ이올다그

텸우을안ᄉᆞ이듭쳔이터고ᄉᆞ숙당의 명우면물넌ᄀᆞ고희

우면ᄂᆞ서듣ᄃᆞ고이욲은날ᄂᆞ의질텹호아셕가ᄲᅡᄉᆞ갓튼ᄃᆡ

도사텻거니와평난에ᄲᅦ의웃지하향의 농ᄲᅡᄃᆞ되뤼도아

덜을위을아 사쳔이ᄭᅩᆯ도잇ᄂᆞᆫᄃᆡ웃지니옶편호기ᄲᅡ취을

ᄯᅫ샤경션일쥭고향이다션영분산 도ᄲᅥ귀을일ᄭᅡ친쳑도

서긔ᄃᆞ인ᄂᆞ뒤 이고진 죽다만 녜쳐ᅡ 분이지 달니도 다 셜러

도 음고 나 속히어 날비 쳬을 호자 호고 사톤더러 일을 뒤니 피

탄 의여 쳔 행으로 군총을 쓰니 몃히 뒤 평안과 할 샌 더러자

부를 국진니 잘 보와셔 에소쇽이 누려우여 녜소쇽이 되야

올ᄉᆞ가니 피탄은 국진이 흐여셔 노라 흐더라 가창을 진며 흐야

힝장을 차리고 길을 셔날 젹의 동녜 돌면의 작별할 졔

늬의 곳의의 셔사 녀ᄅᆞ고 동닉 친구의 신혜진 거슬 웃지다 칭

낭호되도 흐고 쳐자를 다 뒤고 몃ᄎ 쳔슌의 이빗 진을 올ᄉᆞ

셔ᄂ삭삭상을바려받고나도두번졀을하니삭각산이웃뚝

셔ᄂ낡을ᄭ고받기ᄂ듯심쳔강송ᄭ가강이낡을닥고귀별ᄒ

터셔을ᄒ랑ᄒᄂ듯우터잉군어진덕을강산도죵ᄒ

낡을평졍ᄒᄂᄭᄋᆷᄒᄋᆫ일니봉도쳥지신녕덕을잉어셩

ᄒ고도도다옥산쳔도받셩ᄅᄂᄃᄉᄂ더가ᄂᄋ어반장안

의구ᄒᄂ못지앙ᄂ받ᄋ을ᄭ졀눈밧에사반을고일ᄉ치졔

졔ᄅ차져ᄲ고삼쳔도의집을사요삼앙삼등버셜ᄒᄂ일

가털도구졔ᄒ고친구덜도구졔살님사ᄅ의구ᄒᄋᆨ그텅

져령 지기 다가 챵관 비외연 ᄯᅩ 죠ᄆᆞ 셰상을 바린후의 진ᄉ

비외 삼인 일톄로 그렁 져렁 육년 초도 치ᄒᆞᄂᆞ니 초사도 부득

이ᄒᆞ 육년 초도 치ᄒᆞ운후의 초산 ᄒᆡ비 타고 의티 져티 청츅

ᄒᆞᆯ쳬 임오년을 당간 ᄒᆞᆫᄂᆞᆫ데 나타 의서 국지ᄉᆞ 진샬ᄒᆞ매

군ᄉᆞ 죵을 못쥬어서 군죠가 일어ᄂᆞ니 의젓토록 날ᄂᆞ라 육

초아ᄂᆞᆫ 두되티 웅시ᄒᆞᆫ의 양반이타 ᄒᆞᄂᆞ거션 다쥬여 웅시자

효ᄂᆞ 살ᄉᆞᆼ 망 이젼 혀웅 쳐쌀 ᄒᆞᆫ 필ᄉᆞ 서 우딧 지여 부인을 집

버연고 통지 ᄲᅮᆫ을 열ᄂᆞᆫ 나ᄉᆞ 손파 강을 근너 노ᄂᆞ니 그레야 살

엿십 다ᄋᆞ든 손의 쳣짓ᄃᆞᆯᄀᆞ고 외손ᄋᆞ로 ᄭᅩᆺ비 쟛어 ᄯᆞᆯᄋᆞᆯ ᄯᆞᆯ

너 ᄀᆞᄂᆞᆯ 안은 ᄯᆞᆯ ᄐᆞᆫ 부인 기셩 ᄭᅡᆺ고 ᄆᆞᆯ 뽄 셔ᇹ 진ᄉᆞ 삭 군 ᄀᆞᆺ 가

ᄅᆞᆼ쥬 쟈요 이쳔 쟈ᄀᆞ고 츙쥬 츙쥬 당셩 지니 쥭녕 졍ᄃᆞᆯ 돌ᄂᆞ

셔ᄂᆞᆫ 동 낫ᄒᆞᆯ ᄇᆞ티 ᄀᆞᆫ 온 뎌ᄅᆞᆯ 셩 ᄭᅡᆨᄒᆞᆫ ᄠᅢᆫ 안 동 셩이 무ᄌᆞ

안 타 부인 더여 이ᄃᆞᆫ ᄯᆞᆯ어 우퇴 부모 병 인년 낡이 을 당ᄉᆞ

여서 외ᄌᆞ식이 누 ᄆᆞᆯᄒᆞᆯ 삭ᄂᆞ ᄭᅪᄀᆞ 이 퇴텹을 넘어 셔ᄂᆞᆫ 둉죡

으로 ᄀᆞᄂᆞᆯ ᄉᆞ ᄭᅮᄂᆞᆫ 쳔산 ᄠᅳᆺ로 쥬인 용시 ᄭᅡ 시젼ᄉᆞ 우퇴 부

모 젹 누지 ᄭᅩᆼᄋᆞ로 쥬인은 죠 젼 ᄯᆞᆫ본 쟝인 쟝보 용 용 셧시니

쳐낫터도 졍ᄋ 물고 부인의게 둘거 위도 부노 인졍 가를

숏사 우리 부모 피란 올젠 자식 위히 고셩 터니 우힌 아직자

식죵ᄉ여 누길 위히 피 ᄒᆞᆫ인 가 보지 못ᄒᆞᆫ 죽기여 뎌 위 졔 쏨

위 쳐 피 란 일ᄉᆒ 부ᄉ인 젼 은 졔 눈 백면 ᄒᆞᆫ사 ᄲᆞ른 불 원 쳘

니 른 ᄂ 길의 단둘이 셔 길을 쩌 ᄂ 셔를 밋고오 노 졍 은 졍 외인

졍이 감 졀 ᄒᆞ여 둘ᄎᆞᆼ의 뉘ᄉᆞ ᄒᆞᆫ수용 셔지면 쳘 쳔 통심 못

살기지이 갓치 졍 딧 ᄒᆞᆯ고 그 졍 져텼 오 버타 니 풍기 용 의 날

져 물어 그곳 의서 슉소 ᄒᆞᆫ 다 오륙 백 니를 가ᄐᆞ ᄒᆞ고 셔ᄂ 난 날

성각호식 땅~호고 묘연호야 흄한맛이 읍더니 하루질의
차지면 케 낫엇시니 울三호 고긔란 짜을 일 깍 の 여삼슈
파슈야 장~~호더원각 군산슈야 장을 슈야장~~다슈
불면슈야 장이라 그령 져령호라 갓구 달케슈히 신~호
다슈인 불더 짤슉되고 써리빗고 땅근 써누자진달기
쇠우친다 쓸지 들기 집어연 쳐갱거리와 밀치신슈을 단
단호게 졸슈미고 부인들을 쓸우의 올려 노고 낙씨할가연
녀호야 강잔히 낫 본묵 울 의리 젼리 언거 민셔연녀

읍시 엇더 미고 딸을 불고 써나서서 노스류풍 기럭이

노어서 가자 저축호고 한 해 두 회 자진 달길 내서 되는고

자즈호라 희니 한 서며 달은 서샹의 그 져 잇고 백셜리

튼쭐 만니 논 새방의 아득호가 졸지의 뒤 싸 되워 가드맬

을 왕 호가 떠수두고 논두 비테서 뒤 졸 빠고 거두치고 낫다

쌍 사람 탄 쌀이 간데을 거년 슈며을 후 등 취고 다 놓츄

어 오 차 솔 춤 가에 소희 질 너 불더 복이 당 소희 져ㄴ 호다

밧비 도도 쫏 차 가서 쳡 싸 일도 쌍 차 가서 슈을 상을 다 호라

불너 도디 쌍 소리 젼여옴고 어면 지간의 날니어니 쌜너

까도 쑈현 쓴이 의 가도 불슈용고 젼되갈도 자쇠용 셔의되

쇠셔 져되 강고 져되우슈이 되가 고동셔 남북 네거되의 두

셰편 들 쭝 빙이져써 온노 사랑 쌰라 과곡이 물림고

니 상락 쌰노 몰른 달니 이 돌 웃지 옷친 쌜가 구쑥 강장

불이 일어 신체 발모다 타 낏다 찻다 졀 텨 으 뉸

격이 쇡 먁 키여 샹의 텰쇽 물 더만 져 되겸 동곡 졀 도 뉸

다 안히 즁어 울샹이 면 어니스 울쉰 쎄 얼 밤 발연 줄 모

록갑허의짜 ~ 우투눈나온다어이 ~ 우노허션예졀노우

노세로의구 ~ 우노허션졀들호야우흥이랴오노흥울 비우

두로온예로울 새바홈고졀둥호야우뎌라니위구소릭졀

노난다위구 ~ 웃지할고위구 ~ 웃지할고갇노산뢱이우

졍호야간다살이웅시갇니위님이부셧호야 간쥴쥴울

붓손녀러예졀이누며산신예졀 ~ 예졀이나슈유이네
〔타가예졀〕

인쳑용신시벽밧의단니우가다셔뒤를보랑의련쌀

곳비들손의창고집의앗셔누엇더면이런변이옹살

거룰 압부러 니외취도 체모 체통그별 슈용셔 집피

듯리 강셔 그윽한데 뒤끼따 이런편 술당 히고 이별

별다야 호지의 붓이별 역 노의 형제이별 운슈의 붕우이별

이별로써 슐 다 취도 잘성 거라잘이시오은 졔 온다 빨을 호요

별야지오 놀빌우리 이별 하늘 노올노갇 지싱을 드러갇지싸

동봉신의별 이기쳐요 만고 젼후구에 이런이별 도인녀 가 쥭

어셔 영이별은 낫더 도후세라 쥬더여 영장호쳔 이갓지

쉬달우따 살여셔 셩니별은 신초붓의 불붓노다 호더외도

가년거일 벗엇시면 이뒤도록 셜지안코 가는 탓 불릭도
여날사 다고도 썩 혼며 못보난 데 갓더뒤도 이러케슬위 혼며
실엄위덜 안일 손과자기밭 노간년을고 썰 못혼 썰둥의
다켤박 혼야 보닛시식우 먼들뒤도 썰못듯고 지황음시딸녀
각우나들거도얼거민사 썰얼 수도젼혀음사 샥쳘이너들사
의어뒤로간년지 옷지 알사 취혼쳘우갓더뒤도 소식쓴드트
면갓져가고의쥬털의 갓터뒤도 소식쓴드들진된불쳘유
아차져가지이타간 녀쳐뒤강어샬연년사 쥭연년사오며

승의 졍신을 다 셩쟝호면 강쳔 동네 지경을 알 터이니 쳥

강을 쓰 비여셔 모 물 넘치 강쳔 물싸 비를 슬 어잘고

강쳔을 차쳐 강니 강쳔이 가쓰되 강쳔을 차 쳐강니

옛젹의 꼬던 산쳔 봄 축 의 구호다 쳐 강 지믈 바뤼쓰 쩌웃

이 우둔 거룩 거를 지운을 다 쳥 쳥을 예왓노 졍신을

시 두회 가니 쳐낙 덕의 조나죠셔 울 떠부나려 오세 누의 동

셩 잘은 나가 안두 온셰 학쳐 호니 되셩통곡 쳘로 나니 국

할 수가 젼여 읍다 쳐낙 덜토 쇽 불로교 의 심 ᄂ셔 쇼 불으되

누의 그들 잘인 넌가 눗긴 싸옷 진 쳥호야 슘 쉬고 빨을 눈호

퇴자네 누가 슘연 비 죽단 살어 웬 빨 연가 일쟝 통곡호

다가 그 뒤은 졔 슘어 산 가 지위 간알 초단신놀 쥭어서 쥭시

선영졔를 의 쟝사 지닛지 져녁 상을 바두니 즁 츄 쩨 못어

깃신 수 한 슐 법을 물의 푸들 경구머고 묵지 빼고 누엇시니

문연 쌀라 혼놀 살어 기 밥데 바람이로오 민쌔 쳥산용다

낫은 모도 잠 자는데 기 숙회가 쳥을 누비빨 짜 취을 듯고 짓니

기별 호터 상톤 오여 밧비 누가 동졍 복기 가 공연 이 낫속

연니 잣한 잠 못일우고 쳔ㅇ쳐뎐 백도 질우애 집 상울

물순후의 무심한 체 나앗더로이 모둉이쳐 모둉이 쳥연흐

쎄 국일 다앗 못보는 데 나셔ㄴ 월 옥로 죄인 갓 되쳔 방지

쓸 못듯갓 두우의ㅓ외 의 조흔 걸 쳔지초 물시 길 딜ㅎ쳐 히

쳠아월 초피 왕은 우ㅣ 앙을 이별ㅎ고 쎄외 춘풍 당명 황

은 양구 비불 이별 ㅎㄹ오 츈 ㄴㅂ ㅓ별 도날 ㄴ ㅣ ㄴㅂ 탹시

토슈 쳥쳔의 위기뎍 이웃지 타가 쌱을 일ㅎ요 물ㄹ요 물니믈

니 책□□이 잇더티토 가장의 □□토 □ 째 □□틀기 토 □띠□한 호여

뎡 친틀 나터와 토 □샹의 셔 년 문뎡 이 옵셧 길토 의신 옵시 말

우의 지위틀 써요 안첫 더기 슬니누갓던지 □샹□째 지거누

뎌박젼 사노형의 사랑의 위 니두 □□웬 부신 이치 미틀 써요 말

뎌안 젼년 더 말은 □더 녀□□ □□잘□ 지않니 호요 사투누

사탓은 응거 딸셩 각 젼뒤 □□□ □ 벌 오던 뎌옵 울니 바틱 보

쏘 토 오□ 사톳 응거 □며 종 뎡옵틀 빗 비 불며 분 무토 틱네 셔

기 까셔 숫 던 부임이 혹자 □□틀 타요 가 년□ 볼□ 볼소 호

- 34 -

죵아누가 그거슬 불을두슉 새짝 놀티여 치티를 버려치고 사
방을 살펴보니 방 구히 강틔 음긔 별 왼 일 업싸 잔쳐 본이 싸터
옥지 도츌 아혓 젹으 어되 셔 셔되쟈 꼬 알을 둘여 알 수 웃 우 웬
딜양 소 가티 악 펴 쉬 너 닷고 안 졍 니 신 들 찌가 여 되 젹 셔 들
미 녀 랑 교 셔 되 젼 너 알 슈 옹 가 여 보 쎄 뿔 뭇 비 죵 붓
드 러 쥬 게 쟈 버 민 엇 죵 굴 듸 쥬 게 츌 터 노 고 뿔 노 뵈 드 니 까 즁 이
쯸 씨 누 러 이 끼 우 의 소 옹 엇 교 바 뒤 뵈 고 지 자 터 도 쳐 노 우 은 아
너 도 되 츌 이 쯸 옹 쇠 우 리 되 짓 사 법 계 에 어 띄 토 가 시 눈 녀 힝

안가 아리 보라 흐르니 어진으로 가심 나으시가 나면 셔을 잇떡

안동 강셩 쳔권 셩원타 여진쳠 일포로 셔을 셔나으로 맛

치쳥 으로 나려오 졍니 우리진 소님이 빨 뒤의 온시노데

신뎍의 여수 오라사 뒤빤 다고 온시 더니 온시노떡

온난데 용신니 웬 일인지 불로깃 네진 사님이 다흐소

용씨가 누기여 빅진 사뎍 이올소 다죵 년여 드러가 셔 이위

토옛 쥬니 빅진스롬 잡노 뒤 비뇨가 구의뗀 셔진스 셕

셰야고 옛 슈어 보라 죵이 지슌 물으 뒤셔 진스 님 셔야

통의의셔 ᄲᆞᆯᄅᆞ되 즈칙졍으로는 다 친ᄒᆞ신 덕을 ᄡ

효왕시 니든ᄃᆞ호외 다ᄯᆞᆫ 제샤쟝의 위 되녀 뎌되질고

ᄲᆞᆯ 엇지 안ᄉᆞ호니 셩ᄃᆞ호와 이ᄯᅡ쳔ᄋᆞ원졍의 두녀우오

시ᄯᆞ가 쟝시 두로 못ᄯᅡ뎌 훈 ᄲᅮ니 고틴슈 잇갓 손녀녀ᄡᅳ

시오니 예셔 지ᄃᆞ되 오ᄃᆞᅯ드 박ᄉᆞ안 졍신이오 믜ᄉᆞ을간

졍ᄒᆞᄉᆞ알 보 황혼어 두어도 소셕어 쳑ᄃᆞᄉᆞ에 믯칠 듯ᄒᆞᆫ

이녀 삼쟝 언ᄂᆞ 쉬ᄉᆞ 안졍할ᄯᆡ 군이 슈ᄉᆞ 안졍되지

침ᄉᆞ 칠ᄉᆞ 어두운 게 니ᄯᅡᆫ 갓치 생 에 호ᄉᆞ 박 진ᄉᆞ가 분 박

게 녀위로 ᄒ되 이곳 젼 아ᄌ 엽며 ᄋ소로 못 ᄇ 중의

당녜도 아ᄌ 엽며 ᄋ소 필연 안기 ᄌᄉ의 뒤로 ᄌ가ᄉ 모로 면

겹의 ᄡᆯ어 ᄉ질로 왓소 강젼으로 ᄌ가도 큰질로 ᄭᅩ 년가
 (본질)

바ᄂ로 그길 노 ᄎ차 갓살 거시니 도로혀 거기셔 큰 거졍이

깃소 여긔젼 아ᄌ 엽며 ᄡᆯᄋ실ᄒ 비일 너가 ᄋ유드 되되

ᄌ그 ᄡᆯ숨을 듯ᄋ긔 구뎐 덧 섬어 ᄡᆯ을 줍녹 킷소 그덧

터희도 잼 한ᄌᆨ 못 자고 장ᄉ 츄아 진ᄉ 벗을 ᄉ든 눈으로 셔우

고 날셔 기를 기ᄌ되 더니 국명 살셔 식젼 ᄎ알의 하인 ᄋ

왓ㅂㄷㅔ 박ㅅ 젹ㅈ듕ㅅㅏ로 지ㅎㅎ한 일ㅎㅏ 이셔 못ㅂㅣ유
아깃다요 공ㅎ한 평지 왓거던 박진ㅅㅏ와 오ㄹ 곳 ㅂㅣ스 못시
그ㄱ화 즁뎃더ㄱ즁ㅅㅏ의공 화일ㅎㅓ 어서 오노ㄹ 갈슈듕ㅅㅣ
니ㅎㅏ 후믄 더공졍 로지뎐 ㄴㅕ월에 지이 와셔 못져고 갈셰셕
쿠리 알슈ㅎ로ㄱ 낭군일ㅎ요 담ㄴ한ㅁㅕ 일샹이 여슈휴ㄴ무신
병ㅊ일ㅎ르ㄱ요 심뼌성 약 두ㅆ을로 못지 할ㄴ 당ㄴㅎ로
명ㄴㅎ흐ㅉ 오늘로 투 지ㄴㅕㄱㅅㅣ요 갈ㅂ어 자ㄹ 뎐ㄴㄹ지ㄴ요
백ㄴ지더ㄴ 박ㅈ차 잘울 소ㅉ 뎍ㄴ츄 아진ㄴ 빅 을 여ㄹㄹ한

그 기친을 븨셰 인현 홍슈게 즈회호라면 그 져홍라 너거지 안
일셰 문향 둘 자네 논 졋테 논도 ㅆ적시 둘 아 슈홈 셰 잡네
장당과의 논도 아 보요 룩 되귀 쳣노 셰 혼ㄴ 실 샹 졔 사 우히
라 살 엇셔도 졔 발 노 혼 거면 무젼 실어 잇긴 소 어미 와 얘 고
논은 욱ㄴ 도 �셔 구 되 쳣 다 ㄱ드 아버지 승품의 광 긴 찬 칸
너가 아버지 가 집의 기시면 못 호 면 ㄴ도 그 되 한 후의 옷 ㅅ면 격
졈은 후 실 ㅆ쳔 짐 ㅣ 까 지 ㄴ요 져 지 론 얼을 웃 지 하 긴 소 그
되 면 그 되 위 봇 ㅌ 거 ㄴ 변 방의 달 되 고 가 셔 의 식 도 룩 갓 치

놀떼 술을권 호야 취호 야잦들거던 비불숙고 나오거던 승

간호야 호로 아비를 드려 보앗시면 아되깃 나사떼 그티 항신다

호고 나가거널 셋호는 널듯고 네세솔트니가 아서호

되차불상호다 빅진수여 처조를 못두어셔 은변 위슈되

리로다 호고 정신에 아득호고 모어셜 너웃지찰 혼모로

당한 세가 셩각 나사그럿수세상 날의 한심호다 진수을른갓

들진던 날술구완호신 은혜 빅골노 쎕이련 쎕련 진수올른

셩각 자면 비곳이 죽어 누를갓치지 안 나거세 올련 밧은잠

시은혜을 성각ᄒᆞ야 우리진소의 평성 한을 짓쳘 터이니잇

시의인은은 혜 고딘 비의 원슈될줄 어이 알니 갓편 ᄒᆞ소한

삼ᄒᆞ다 조물이 시긔ᄒᆞ니 은혜변혀 원슈된다 박진소ᄀᆞ기셧시

면은변 위슈얏나 될ᄭᅥᆯ 일 박장사 츈ᄉᆞ쉰 호ᄀ 부지 하쳐깅

봉군ᄉᆞ 어졔 신여 낭군쥭고 오늘 박희ᄀ 노쥭으면 둘ᄭᅦ호다

만긔면 만낭군삼 메 노쥭으면 낭군심혜ᄀ 뎐호지 낭군의 쥭

엇셜 진된 나돌의졔 쥭ᄉᆞ가긔ᄉᆞ 가권 ᄡᅡ옥은 낭군의 상반낫지 모

로곰셔 닙몸이 쥭어지면 성젼포한 짓쳐티니 성사여 부얼

어보고 쥬인엿시면 술더되도 쌀 파울 니호타라 노 파 가옴쳐

할 세월이 시쟝 혼 자여터 날 힝 뇌의 쭌피 호신데 조종혼병

의가 셔편이 쟝 서 또 그 틱 호섭 시다 셰터 노가구 며누타 출불너

술 죵 가져 오타 호니 예호더니 모팔의 안유 노고 뎌쳡 노고 큰직

한 술병을 니다노 커벌 우션 한 뒤쳡 곳 두 비러 쥬며 왈 군신

되고 속 타난 데 술이 쟝 유시고 군심을 이지 시오 여심 회 가느

술 성 깍질 가쳘 호 더니 으트 신 비가 쥐쌈 을 맛 츄와 술을 쥬

식수 맛우 며 깃심 늬 다 술병을 일 쥬시 가우 다른 술을 도

표볏의 붓고 흔들ᄂ 흔들어셔 한 뒤졉을 굿 뒤부여 으른신

네멀졀 잡셔 아지□져도 머지오 노파가 술한 뒤졉을 한슈의

다ᄡ서ᄂ 도돠야 져 굿짓부여 ᄯ신ᄂ 졔호도 부쳐셔 노파쥬고

짓부여 머녀 쳐튜ᄂ 여러 잔을 벼ᄂ 노ᄂ 뗜 ᄆᄂ러 혼ᄂ ᄲᄂ여

언셩야 잠갈인듸 슈졀 안지졀 연쳐다쎌 듸옹지 팔ᄎ사ᄀᆞᆯ

넛시면 곤치도 게졔막여지 양졉의 짐 호타비 소랏도무던ᄒ

고현셰도오 복것지 아부키타도 게왓시면 복잇지 속ᄲᄂ노고

년의 드려운인을 술잔으로 ᄲᄂ것다호고그 졔부여 쥬면 먹고

부어쥬면 달슐 한병을 다 먹어 니목고 라쳐 혼몽즌지

되앗꺼널 둥잔 불을 후신곳셔 뒷겻테 긔구멍을 보왓두

엇더가 복지즉야 쌔져는 와 쳔방지축 다려는 다옛젹의 사쌔는교

녀동싱 즁계 피히 뎔 피동롸고 아반도 맛졍 훈쓰 유츙발의

어써 나는즁 친량의 치물을 임어 수치구멍으로 쌔져는가 낫쳔

울바리 보고 지향 웃시도방터 온늘 나넌 무삭 죄도 기궁고

도쌔져느 와갈데 헐행비 못히느도 소한 낫녁 크로 갈디ㄹ

죠다 우슈고우슙도 짜고셩즁의 도우슙고 나백진사의

노퇴야 못할 흉계 셔니다 꼬망 신실 체면할 손가 우슘

고도 우슘 도 다 백진 숔의 안덜 어 아불 의 쳬불 췌 흐 다ᄭᅡ 이

붓싸 비 보퇴 로 다 낫 의 실 헝 시 기 라 다 제 실 헝 울 흐 되 를

다 지 헝 읍 시 ᄭᅩ 노 타 니 원 촌 의 덕 울 더 니 날 의 잔 차 발 거 온

다 발 ᄯᅳᆫ 날 의 너 노 헝 울 뉘 ᄭᅡᆼ 복 실 뭇 즁 의 우 슙 고 나 독 기

빈 지 ᄯᅳᆼ 동 언 지 독 ᄭᅡ 비 러 고 나 기 잔 흐 고 다

퇴 앙 퍼 팔 슈 가 젼 여 움 셔 조 고 ᄯᅡᆫ 집 의 지 ᄂᆞ ᄭᅡ 의 잇 거 녀

져 집 의 드 러 ᄭᅡ 셔 슉 ᄂᆞᆫ 이 노 ᄋᆞ 더 ᄯᅩ 고 갓 쳔

가논길이 수물어 보리밧흘고 사릐를 백계 머리며 타보
너크다 마한 출악 아희가 낫결 득 뛰다 밤 출금 보거널
쌍의 조치 안 흐시 흐돌 다셔 갈오 짜니 어머니 급피 불
너 흐년 쌀이 저긔 셔울 아씨 지니 쇼 늘 곤 노라 흐년 쌀 셔밋
친 놈의 소릐 한다 셔울 아씨 낫 웃지 거릐 오시 깃더나 안 녜요
내가 보조 할 며가 오뎌 다 너들 며 붓들며 씨 남씨 남 웬일이
요져 모냥이 웬 일이오 흐민데 친졍 죵할 미여 널어 덥웃
지여 귀 인너 반 깡 기도 그 지응고 인져 노 샹러 쑈 노여여 드러 가섭

시아종각놀이쏘차유무돌드러거별버고그섯이의그럿

께깃녀야몰노보깃구노싸기시던쉔일이시오올나차는의요

기롱버덕이써려울이노되녀야을이안되야도그섯이의덕이

다무고흐시나예무고흐지랏우두션더운국과방을차례오거

년조곰더고진사뵌션오년치지보노녀야몰나오듯지못헛셔도

그소되의가심이면격너려안번것갓트여되앙뺠흐느그것년

도쌍싹눈니째아가쌕허타여야뽈드러가셔나미오조군ㄷ

함아오더오너롸흐우조군타고오느롸좀할미ㅅㄷ미앙페먼져

드러가 셔울을 아사 온지 논일을 밧들을 을

호수 밧난운 즁의 우틔도 속옷싯셔즈도 속뎌 보틔 타 호고 친소

왓틔 흰 쌀을 일졍 쌀 나돈손듕고 가며 눈 맛질시가며 눈

의수와 다른 일수 둥시셔졋소 왓소 안우 왜웃진 일로 졋보 눈

을 호야 가지고 와셔 셔진사 왓녀햣 쌀이 쳔 쌀이며 성을 두

틔려 통곡호 거별 오틔비덜 언번져요 간의 안 녀표로 우숨

을 겨우 챠여 진 소년 웃자고셔 뻬와 붓어 우룸을 다 챠 졋못

호야 홀 젹 혼민셔 쌀 호틔 그번의 날년 가 군즁가 눈셔

되돤가챠고 세운그듯 다니바뢰고 ᄯᅡᆯ 한 바퇴 사쳐 붓댓 ᄭᅵᇄ날

ᄃᆡ우고 손주 ᄯᅡᆯ 볼고 물거음의 화자고 셔벽의 셔노오다가 뒤

본다고 츙뎌ᅵ 안긴ᄂᆞᆫ 소옥 한데 ᄲᅡᆯ이 각기 낟ᄂᆞᆫ 뒤의 셔 러오ᄂᆞᆫ 줄

알엇지 뉘가 알어 뒤던지 백지 사까 사랑의 셔 본 ᄲᅡᆯ 뒤 외셔다 루

난 사룅 이욥고 ᄆᆞᆯ 운ᄃᆞᆫ 더 머너 ᄐᆞ고 가지 안ᄂᆞᆫ 호니스 가 죳 ᄐᆞᆫ 둘 니

보니여 못길 휘 셔울셔 잔소ᄃᆡ 인데 강쳔 친졍 으 오ᄂᆞᆫ 길 의 진

소님 이 어ᄆᆡ셔 셔터젼 넌지모로 ᄭᅵᆺᄯᅡ고 울 니 져 쥰 누와 웃뒤 친

졍 이 웃던 뎍 의 나 호길 니 풍산 젼 셩원셕 의 ᄃᆞᆺᄒᆞ니 진소 의 퇴

뎌누와서흘눈빨아수터진소님이벼 친쳥으로신 비와친ᄒᆞᆯ서

이라흐르드되가자흐기로드러각진중가문박게서빨흐되니씰

너가덜뎌다쥬ᄊᆞᄒᆞ뎌ᄂᆞ곱한볼일이잇서어딜까며니씰와

셔더뎌다쥬ᄊᆞᄒᆞ기로헐슈웅서그집의셔무엇더ᄂᆞ어두울

졔오쥰누터뒤ᄉᆞ것러잔치광뒤의안졋더니진소마노티와아떠

이나거기인던줄모로고셔잔치썅양뗴셔꿈눈흐되그앙집의

출아비가드러온기집을우언현쥬변논단마키가를춘단너것흔

방의다티고가술을며ᄊᆞ취취힐고흐아비흘둘뎌모자ᄒᆞ기

포나는노타앗쳐며 년체호고 그놀군이는 쳔군야 취히고파지

길너기궁그터싸쳐 도망호야쳔밤지축 향비음시오두가날서

셔년데비꼬푸고다티앙꺼 숙늉이노으더며으라고드러끄니어

먼네진신고로나노사터왓시노아이고~~웃지하여아이고~~

웃지하너셕흔일이다쓰오피역신슉활쵸울그티운뎔사러

오너숨구호두그쓰굿쳐쥬엇지쥬엇길너아니오지셕흐자

그텅쳐텅날어저무터셔진소가후쟌분히가지꼬드러오거널

미부눈부신볼일어잇서~어되갓더앗쳣셕녁각갱호기롤

두루마탑쓰엿지민부의 혼거호야쳐붓은홀뜰보기실여

웃떡게잠기울속키드려야깃년데물지사랏이잇다말호되형

넘조흔슈가잇소무언슈이우릐각과부얌젼두흘고져조도족고

머을것도족족호고족킷소말을듯킨늬말노히셔노산되켜고그

러면웃떡게호너오늘밤의바우질쳐달나고쳥히셔건년밤의안치

고차다가술의나머여잡들은거던집의사람덜은불을싸고나오거던

드려보니여잡쓴잣시던그만의지노섁그썩조타그티호자진소왜나실

례쥬근쳬가을마되야쳥년의못하긘데여머말운드엿서도형

납딸은 못들 섯녀 사모 딸도 딸 고추디 좌라넌 더로흔 게산 빅음시 짜

일어 타악의셔 흔번 딸 사시 누님 이 생난 한 데 어딘 것 던 뒤숭 三흔

것 끠로 울터 이지 져 밧으로 가셰 거넌 방의 가셔 이 딸 쳐 딸 흔 면셔

시식도록 쉬로 흔 야 딸 흔다 가 편니 쉬게 독 슉 픔 밧 된 니 쉬게

묘 안으로 드러 간다 쳐 낫더 져 소 미 잣코 드러 가셰 슐 취 흔 야 잣 드릿 구 네 어

셔 밧 비 드러 가 셰 나 는 창 아 못 흔 긴 네 이 거 시 웬 딸 인 가 이 러 가 리 노 치 면 언

구 요 기 가 어 려 운 데 쳔 녀 불 취 웬 일 인 가 고 진 갓 기 마 다 흐 면 오 뷱 평

셩 랑 수 옵 지 손 신 그 년 니 등 미 면 니 뒤 분 박 게 다 딸 터 여 질 로 드 러 보 넌

다 참 시 간 의 풍 과 너 여 벽 녁 깟 치 소 리 질 녀 오 라 버 니 웃 깐 놋 이 듥

왓 소 오 라 버 니 올 나 번 니 어 뒤 갓 조 쳣 소 리 엔 놀 납 더 니 지 삼 소

라 질 으 년 데 안 인 어 셩 젹 실 흘 주 이 거 시 卞 목 쵧 어 이 거 시 쉬 목

소릭에 흐연 쌍이 부인 귀의 의문옷장 말쌀옌 덜의 칠손

가쳐낭덜이 지져타가 왈각스닥텰을째여웃던 놈이드러

왹셔난졍 몽둥이어의 간녀쥬의 방망이어의 간녀그놉

튀여갇나문눌녀타 지기싣러어듸인늬어여밧비 뿔너오녀

라질릅공이롱이듯 둥여라 당셩낭어듸인늬불밧비쳐

노쾌라 불거러더 노코뺏구믜듸려 주보고이놈이셔울

놉아디냐손펴치고 썰슨우셔 허듸가 약할진딘불어

질가엾녀된라 진스너 외흐눈 쌍여 붐즁잇슈 취즁인

가삼이건넝셰지ㅣㄴ요 빅츔이면 빅변삿만 유졀일

의일ㄴ수졍삼 빅비 ﾿야 장 취 불셩셰 지ㅣㄴ체 ﾿더

리츔을 츈셰 엘ㅅ졀ㅅ 조을 싫요 죽엇다던 누를 보니

이뎌집의졍ㅅ도 라엘ㅅ 졀ㅅ 조를시고 일은 안어 만번ㅅ

탓이뎐졍ㅅ도 엇뎐가 이뎌 누셔 츔츔위 라일은 넘군만

빈ㅅ탓이뎐졍ㅅ도 엇뎐가 이뎌ㄴ여 츔츔위 쥬엘ㅅ졀ㅅ

조를시요셰졍ㅅ가 한 데 봇아 츔 엘﾿요 부엘을 가연ㅅ졀

ㅅ조를시고

권혁래

연세대학교 국어국문학과 졸업. 동대학원 수료.
문학박사. 현 숭실대학교 베어드학부대학 교수.
논저:『조선후기 역사소설의 성격』,『최척전·김영철전』(번역), 「고전소설의 다시쓰기 출판
물 연구 시론」, 「근대초기 설화·고전소설집 〈朝鮮物語集〉의 성격과 문학사적 의의」 등 다수.

구한말 피난자의 해학적 형상
서진사전(徐進士傳) 연구

2011년 9월 7일 초판 1쇄 펴냄

지은이 권혁래
펴낸이 김흥국
펴낸곳 도서출판 보고사

책임편집 한나비
표지디자인 윤인희

등록 1990년 12월 13일 제6-0429호
주소 서울특별시 성북구 보문동7가 11번지 2층
전화 922-5120~1(편집), 922-2246(영업)
팩스 922-6990
메일 kanapub3@chol.com
http://www.bogosabooks.co.kr

ISBN 978-89-8433-939-2 93810
ⓒ 권혁래, 2011

정가 12,000원